〔日〕浅田次郎 著　子衣 译

# 百里天堂

天国までの百マイル

国际文化出版公司
·北京·

图书在版编目（CIP）数据

百里天堂／（日）浅田次郎著；子衣译．—北京：国际文化出版公司，2020.3
 ISBN 978-7-5125-1171-2

I.①百… II.①浅… ②子… III.①长篇小说－日本－现代 IV.① I313.45

中国版本图书馆 CIP 数据核字（2020）第 003753 号

北京市版权局著作权合同登记号：图字：01-2020-0338 号
記
TENGOKU MADENO HYAKU MILE
Copyright © 1998 Jiro Asada
© All rights reserved.
Originally published in Japan by Asahi Shimbun Publications Inc.
Simplified Chinese translation rights arranged with Asahi Shimbun Publications Inc.
through YOUBOOK AGENCY, China
本作品简体授权经由北京玉流文化传播有限责任公司版权代理独家授权

## 百里天堂

| 作　　者 | 〔日〕浅田次郎 |
|---|---|
| 译　　者 | 子　衣 |
| 责任编辑 | 赵　辉 |
| 出版发行 | 国际文化出版公司 |
| 经　　销 | 全国新华书店 |
| 印　　刷 | 北京彩虹伟业印刷有限公司 |
| 开　　本 | 880 毫米 ×1230 毫米　　32 开<br>9 印张　　　　　　　　　150 千字 |
| 版　　次 | 2020 年 3 月第 1 版<br>2020 年 3 月第 1 次印刷 |
| 书　　号 | ISBN 978-7-5125-1171-2 |
| 定　　价 | 39.80 元 |

国际文化出版公司
北京朝阳区东土城路乙 9 号　　邮编：100013
总编室：（010）64271551　　传真：（010）64271578
销售热线：（010）64271187
传真：（010）64271187-800
E-mail：icpc@95777.sina.net

# 目　录
## contents

第一章　巨额支出 / 001

第二章　重症的母亲 / 019

第三章　绝望的求助 / 047

第四章　我不会离开你 / 060

第五章　渺茫的生机 / 070

第六章　一百英里 / 088

第七章　因为爱你，所以愿你幸福 / 103

第八章　英子 / 117

第九章　不速之客 / 128

第十章　即使我是个怪人，至少我还是个人 / 140

第十一章　完美的父亲 / 157

第十二章　最后的晚餐 / 170

第十三章　我爱你，无法自拔 / 186

第十四章　他可以救我的母亲 / 200

第十五章　先治牙 / 214

第十六章　怎样才能让你幸福 / 226

第十七章　父母的心愿 / 235

第十八章　原来我真的错了 / 247

第十九章　手术 / 259

第二十章　你一定要活下去 / 270

尾　声 / 279

# 第一章 巨额支出

## 01

最近这段日子,城所安男大段大段的时间是在公园的长凳上消磨的。

到公园里的公厕方便,在饮水台上洗脸,然后到树荫底下的长凳抽烟,让风慢慢地把脸上的水吹干,抑或是去附近的垃圾桶翻出一些报纸,百无聊赖地看看新闻或寻人启事。过去曾热衷于赛马,如今手头紧张,也便失去了兴趣。

午后的阳光格外耀眼,城所安男抬起头来看看七叶树,心里有点儿怅然若失:难道就要一直跑如此无聊的业务吗?不能去做一些更有意思的事情吗?

他回想起去年的夏季,那时候他还能到三温暖去消磨时间,或者去有空调的电影院里小憩。不过今年春天开始,钱包里的钱越来越少,去这些地方成了奢侈的活动。就连买杯咖啡或是买包香烟,他都得考虑再三。

情况之所以会这么糟糕,是因为他给前妻的赡养费和给孩子的抚养费大幅度增加了。前妻通过律师告知,他们的一对龙凤胎到了上小学的年纪,要上私立明星小学。想到孩子的人生不能因为爸爸的穷困潦倒而输在起跑线上,于是他只能硬着头皮答应了。

学费和其他相关费用高昂,前妻现以自己的名义跟银行申请了助学贷款。但是孩子渐渐长大了,从前住的普通公寓太小了,他们需要搬到三居室的大厦中居住。因此,原本一个月只需要支付十五万的费用,瞬间变成了三十万。

看这情况,前妻大概是不了解安男的经济情况了。她从小家境富裕,没有过过贫穷的日子,更不曾被钱财所困。尽管现在大家都知道不动产是在不断更新变化的,但是在过去那个时代,没有人为这种问题担忧过。

城所安男嘴里念念有词道:"三十万啊……"

的确,那个年代,三十万不算多,大概只是一个晚上喝酒花掉的钱吧。

四十岁这个分水岭,对于安男来说,到底是正值壮年还是日薄西山呢?自从他的薪水需要分毫不差地交到前妻手中开始,他就觉得自己的人生没有办法重新开始了。

风终于把他的脸吹干了。

他是包装材料的业务员推销，每天的工作内容就是拿着材料的目录和样品去拜访各个店家。公司是有指定任务的，比如每天需要完成一笔订单。但是在经济不景气的时候，业务员即便是把腿给跑断了，也没办法按量完成任务。谈成一笔生意，平均下来至少需要三天的时间，还只是卖出印上店名的纸袋之类的小订单。

安男所在的公司是一个只有二十名员工的小企业。众所周知，安男在那儿不过是为了谋生，大家都认为他是老板过去的同窗，破产以后留在这个公司混口饭吃罢了。

事情也的确如大家所想的一般，所以无须再解释什么。安男在这里工作已经第三年了，却很少和同事来往，甚至连话都懒得多说。在同事们眼中，安男没什么存在感。对他们来说，安男大概就是第二代社长帮助的一个人物而已。

眼前窘迫的经济状况，对安男来说已经无计可施。他费尽心思才还清了四个月的债务，如今在公园里打发时间，他连买一杯咖啡的二百元钱也舍不得花，看来现在他真的是落魄到极致了。

安男想要和社长摊牌，但是在这之前，他觉得有必要先约谈一下律师。

他的心里很郁闷。如果在电话里头交谈，指不定对方会录音，所以他决定还是亲自去律师事务所走一遭。在过去的泡沫经济时代，安男对律师其实还不错。不过，今时今日，他觉得律师大概也是不待见他的。

这位律师叫野田，是安男的高中同学，之前曾经担任过城所商产股份有限公司的顾问律师。过去那会儿正赶上地价高涨，野田能够自己独立开事务所，也是托城所商产的福。而在那个时候，野田的业务大多都是安男给介绍的。但是野田并没有因此对安男感恩戴德，甚至每次见到他的时候总会在不经意间流露出鄙夷的眼神。安男好想因此臭骂他一顿，但在事业和人生都不太顺利的时候，他就连这点儿勇气也没有。

纵然千百万个不愿意，但他始终还是得去找野田一趟。

安男叹了一口气，从长凳上慢慢站起来，朝神田车站的方向走去。他之所以会选择在这里休息，其实也是为了方便去野田的事务所。

炎炎夏季，他满脸都是汗水，掏出一块发臭的汗巾擦了一把脸，又下意识地舔了舔嘴里缺了一颗门牙的洞。大概是初春的时候吧，原本那颗有些不稳当的门牙居然掉落了。这些年他减了不少体重，失去了往日意气风发的神气。但这颗门牙的丢失，可谓是连同他的自尊也一并丢失了。而且人到中年免不了有脱发的困扰，他最近连胡子也有变白的迹象了——他整个长相，无不写着"落魄"二字。

他在想，他是不是该去镶一颗假门牙呢？不然，好运都给漏光了。

可是，钱从哪儿来呢？

天气怎么这么热啊……

这种缺了一颗门牙的落魄模样，好像堕入地狱一般悲惨。

"哟，你怎么总是一副疲惫的样子？你应该先给我打个电话啊，好歹也请你吃个饭嘛，你看我现在又得出趟门，真是不好意思。"

果然，野田还是没有给他好脸色看。虽说他们是同窗，但是从高中开始，野田就是一个很会为自己盘算的人。他从来不参加社团的活动，也不担任什么学生会干部，因为这些都和学习无关，他不想管，也不想过问，他只管专心学习，所以他学习成绩很好，但是也因此不被其他同学待见。但是这些都关系不大，毕竟最后他还是成功了。此外，他还特别有自知之明。他知道自己的性格不可能去当上班族，知道自己应该怎么体面地活在这个社会上，也知道自己的本事到底有多大，所以他做事总是恰到好处。

圆滑、自我、不浪费时间社交、不重视他人的感受……这些因素，都决定了他适合当一个律师。

"我只耽误你十分钟,十分钟就好,我真的是无计可施了。"

"行吧,就十分钟。"

野田满不在意地看了一眼手表。

哼,你还好意思看手表,难道你忘了这手表是你当初开业的时候我送你的吗?就凭这家伙的本事,就算再怎么会赚钱,也买不起这么贵重的劳力士吧!

安男在心里想。

野田当然不会记得这些,因为他本来就是这样的人。

"你坐吧。发生什么事了?和中西吵架了吗?"

野田眉头紧蹙,好像不太高兴。安男破产的时候,野田把他介绍到了中西的公司工作。这件事,安男其实一直感激于心。正因如此,他才得以勉强过日子,才能够还清欠下的钱。

"没有,他对我很好。不过,我确实是他的一个累赘。"

"他的确对人不错。他很大方,尽管以前成绩不太好。还记得那会儿高考他还重考了两年,上了日大之后又留级了一年。不过他还是和其他日大的学生一样大方。"

野田说这些,难道是在讽刺中西很小气吗?

不过,中西社长不仅是大方,而且心胸很宽广。

"不是这个,其实,是钱的问题。我前妻的赡养费和孩子们的抚养费。"

野田惊讶地发出了"啊"的声音。

"安男,你现在才来说这些还有什么意义呢?早在三月份的时候,你已经按照对方的要求寄了书面的数据过去啊,难道现在还想反悔?"

"我现在是在给钱啊。"

"现在?什么意思?你这家伙当初跟她谈离婚的时候,你不是已经承认了这一切都是你的错吗?你还拍胸脯说会负责到底。更何况,你现在不是还活得好好的吗?"

"野田先生啊……"

安男觉得很丢人。两年前,野田是绝对不可能用"你这家伙"这样的口吻对他说话的。当然了,自己也不可能尊称他为"野田先生"。

"我就只有那么一点儿薪水,扣除了这个那个,每个月到手就只有三十万了。"

"难道这是你和中西之间的问题?"

"确实是这样的。但是,就我现在的情况来说,我也不敢跟他要求太多。虽然他很大方,如果我开口的话说不定是能给我加薪,但是就算加薪,我也是负担不起那么多啊。"

"那么,在三月的时候,你怎么不把这个情况说出来呢？如果你当时说出来，我还能帮你说说话。你现在才说，如今已经过去四个月了，太麻烦了。英子小姐已经在按她的规划进行，你如今才说支付不了，这怎么成呢？"

"野田先生啊……"

野田的话被安男打断了。安男觉得，就算今天把脸丢尽了，也必须把自己的难处说出来。

"我当初就是觉得，为了弥补自己的过错，就算自己每天只吃一顿饭，也不该苦了他们几个。可是现在，我穷得连一顿饭都吃不起了。"

"天哪，天哪，你不要再说了。"

野田站起身来，穿上西装外套，整理了一下胸口的领带。

"唉，野田先生……喂，野田！"

"安男，我可不是义工噢。不管怎么说，我跟城所商产的关系也仅限于破产管理人吧？我没有拿过你一分钱的薪水，却要帮你们夫妻处理民事调解，还要帮你到处去求助同行……我做了这么多，你还来跟我没完没了？"

"求你了野田，不要再说这些无情的话，好吗？"

野田把安男抓住他西装衣摆的手用力地甩开，像是见到了什么晦气的东西一般嫌弃。

"连一顿饭都吃不起？你这类话我真的是听得很烦了。

我们现在就把话都说清楚。"野田用一种怀疑的表情看安男，压低了声音说，"……你这家伙，应该有偷偷藏钱吧？"

说完，野田又抠着安男好不容易痊愈的疮痂，满脸认真地问："安男，公司破产的时候，你是不是把钱藏起来了？"

"你开什么玩笑！"

安男按捺住心中的怒火，挤出这几个字。

"你还是老实说吧，我算了一下，你至少还有五千万，对不对？"

"你到底在胡说八道什么？你自己去问英子，她一直负责管理公司的账目，有没有这回事她最清楚了。"

"你说得对，这就是我跟英子小姐讨论得出的结论。好，即便你破产前吃喝玩乐样样不落，那也不至于把五千万全花光吧？"

那大概至少有五百万是花在你这混账东西身上吧！安男忍了又忍，强制自己把所有怒气都压了下去。

尽管心里这么想，他依然不敢把话说出来，表面仍装出一副无所谓的样子。

"真的没有那档子事啦！"

"真的吗？当然了，你现在跟我怎么说都可以。一个月三十万确实是不太合理，不过就算只要求十五万，你也会觉得很吃力吧。但是你持续支付了两年,而且没有什么意见,继续又多付了两个月,我觉得你肯定是藏有私房钱的。"

"不是的,我真的没有。"安男苍白无力地说。

其实他有一肚子话想要反驳,但是此刻从嘴里吐出来的只有这几个字了,因为满腔的怒气,他的面部已经有些颤抖。

"那我倒是想听听看,你这四个月的日子是怎么过的。破产了,总不能去借钱吧?就算去地下钱庄借,也是会被调查的。难不成你现在喝西北风也能饱了?成仙了,对吧?"

那一刻,野田的脸就和小白鼠一样让人憎恶。安男心想,他也不去想想我生意做大风光无限的时候,他曾像个跟屁虫一样跟着我到银座的酒店去,现在却把话说得这么有底气。

"况且,你还有房租要支付吧?那么大的套房房租得多少?三万还是四万?你家连浴缸都有吧?"

"那么高档的设备自然是没有的。"

"那你总要洗澡吧,洗澡也要花钱吧?你明白我的意思吧,你再怎么装傻还是明白我的意思的吧,难不成你这四个月没有吃饭,没有付房租,还没有洗澡?如此一来,你还不承认你偷偷藏了钱?"

"我已经说了,一分钱都没有。"

野田用鼻子哼了一下,又把脸转开。

"行,你如果没钱,就去跟英子小姐说,我没有义务帮你,好吗?赶紧走吧,不要老是工作时间偷懒,白费了人家中西的一片好心。"

野田跟自己员工说了几句悄悄话,然后就出门去了。

员工走了进来,把杯子收走,说:"先生,不好意思,我们律师真的是很忙的。"

紧接着,他走到了门边,意思就是要赶安男走。

"呀,你该不会把刚才这一切都看在眼里吧,太丢人了!"

"其实这也没什么啦,俗话说得好,'人生不如意事十之八九啊'。"

"这难道就是所谓的'祸兮,福之所倚;福兮,祸之所伏'吗?"

安男站起身来,眉头紧蹙地看着天空感叹。

如果真的如老子所说,福祸相依,那么看这情况,还得再度过一段惨兮兮的日子,或者是就这么度过余生也不足为奇吧。如果认真去计算,他那十年生意挣来的钱,在这期间全都花光了。

"先生,不要这么悲观嘛!"

"我已经够悲观了。"

"我是这么想的,人就是因为情绪不好,所以才会觉得日子很难过。"

看这状况,这个员工一路走来也是不容易,这句话真让人心酸。

## 02

安男尽量不与自己公司的同事见面。

他总是第一个到公司,然后早早地出去谈业务。下午回到公司的时候,时间已经差不多四点了,他赶紧把报告写了,急急忙忙下班。

除了他,公司里还有四个业务员需要每天出去谈业务,他们的座位连在一起。但即便坐得近,安男也不曾和他们说话。不过,公司给其他四个业务员都配了一辆轿车,因为他们对公司都有过不同程度的贡献。

他写了一份乱七八糟的报告,走进了社长的办公室。社长中西如今亲自担任业务部的经理。因此,安男和中西每天都会见一面，然后每天都会向中西上交一份没有任何意义的报告——这一切，真的太让人心酸。

"好的，今天辛苦了。"

对于那份报告，中西连看也没有看就盖上了章。

"社长，现在有时间吗？"

"怎么了？"

中西的确是个好人。大概是因为他对人和气、乐于助人，野田才会把安男推荐给他吧。

人们一听到日本桥横山町包装材料贸易商的接班人，就一定会想起这个脑袋光秃秃一片、圆脸小眼睛的中西，因为他总是这么受欢迎。

打从中学时代开始，被野田算计过的受害者中就有中西。他们俩总是挨在一起，一前一后，野田会让中西替他值日，然后拿自己的笔记当作回报。

当然了，中西觉得他们的关系非常安全。而对于野田来说，这样的朋友特别有利用价值。就算他们作弊被老师发现，背锅的也一定是中西。

"你是不是想跟我谈加薪的事？其实刚刚野田已经给我打过电话了，我明白你的辛苦。"

"那，你已经听说了？"

是的，中西点头微笑的样子，和高中时代的他没有差别。

"不过我觉得野田说的话有点儿怪怪的。"

"他说了什么?"

"也没什么啦,他大概是说,你应该是有钱的,不过我觉得不太可能吧。"

"那当然。他还跟你说什么了?"

"他还说,养你一个破产的家伙已经够麻烦了,让我不要去搭理你的其他要求,不过这都是他说的啦,我没有觉得麻烦。"

这时候,会计经理走进了中西的办公室。

"不好意思啊,安男,等我一下就好。"

中西从金库里拿出了支票本,往上面盖上了章。

在中西撕支票本的时候,会计经理用一种蔑视的眼光瞥了一眼安男。

"社长,他的情况你现在清楚吗?"

"我知道,不过还是得让他做出点儿贡献来吧,不然对其他业务员也是不好交代的。"

"不如让他去驾训班学习吧,我们不是还有一辆车没有用?"

"也对。安男,你的驾照是不是该去重新考了呀?"

安男两年前破产时,驾照已经随之失效了,不过如今他生活中不需要用车,也没有感觉到不方便。反而,没有驾照成了他工作业绩差的一个借口。如今让他去重新考驾照,对他来说真的不见得就是一件好事。

"嗯,也有道理……"安男的回答带着几分迟疑。

"是这样的,你和大家一起工作,要多少做出一点儿成绩来,这样才不会让其他人说闲话,说公司对你特别优待什么的。"

会计经理看了看中西和安男,推了推架在鼻子上的眼镜。

公司里有好几名经理是自上一任社长时起服务至今的元老,中西对他们总是特别客气。

"行,那辛苦你了,我继续和他谈。"

会计经理鞠了一躬,就出去了。出门的那一刻,他的眼神与安男直接对上了。

"大概,很多人在你面前投诉我吧?"

"没有啦,我怎么着也是社长,他们不敢和我说三道四的。先不说这个……"

中西神情凝重地看了看安男。

"野田告诉我,你自从三月份开始,每个月就要给你前妻三十万。这么高的费用,你平时的日子怎么过的?"

如此面面相觑,安男更不想回答他的话。这几个月怎么过的？不，应该问我这两年怎么过的。

他实在不知道该怎么回答。

"该不会……你去借高利贷了？既然都选择了用破产来保证全身而退，再去借高利贷的话，恐怕不太好吧？"

他实在不想说谎，但也没办法说出实话。

"是去借钱了，不过是和我的亲兄弟借的。"

"原来如此，这样还好……其实也不大好，事情到底是没办法解决，不然你现在也不会来找我谈，对吧？"

"嗯，是的。"

中西抬头看着天花板发呆。安男知道他并不是故意要甩脸子给他看，或许他是真的觉得很麻烦。

"我现在也很头疼。首先，会计是不会答应的，我只能私下帮你。可是我的钱是我老婆在管的，我要平日里有一些娱乐活动的话这边还可以报账，但大家都知道，我既不喝酒，也不爱打高尔夫。"

"没事，谢谢你了，你还是当不知道这回事吧。"

"那可不行，你的问题还是没有解决啊。"

"我自己想办法吧。"

"你觉得你必须要负这个责任，对吧？我也是这样子的，我希望自己可以照顾妻儿。不过你不觉得，每个月要支付三十万，这听起来有些夸张吗？这么多？"

"没办法,那是我之前给他们的生活。"

"我明白,如果你们现在还生活在一起,那可以理解。可是你们已经离婚了啊!有句话怎么说来的,夫妻本是同林鸟,大难临头各自飞。你妻子已经抛下你了,你应当多考虑考虑你自己吧?"

"可是我总得养孩子。"

"嗯,这确实是挺无奈的。"

"没事没事,我不应该让你听我抱怨这些的。麻烦你帮我转告野田,我自己想办法就可以了。"

"真的行吗?我这边还是会帮你看看有没有其他办法,不过不要抱太大的希望比较好。"

安男开始后悔今天的行为了,因为他发现自己的事跑去找人商量根本没有意义。

要是自杀能够拿到保险赔偿的话,至少还算一条路啊,然而他的保险也早已解约了。

抢银行吗?他好像没有这个能耐。

尽管明天就发工资了,但是只要再过几天,存款又归零了。

大概……现在就算是走投无路了吧!

## 第二章 重症的母亲

## 01

安男确实有一个秘密,是野田和中西所不知道的。

当然,这个秘密并不是野田口中的"藏了五千万巨款"。但那个秘密是他能够持续两年支付前妻和孩子的抚养费,而且这四个月把所有薪水全数奉上的原因。

他搭乘每一站都停靠的总武线列车回家,身体随着列车而摇摇晃晃。其实他家离公司并不远,如果选择坐中阳线快车的话,不到十分钟就到家了。但是如今的他,根本不需要节约时间,也无所谓早晚高峰。

到了周末,安男会在途中的东中野站下车,回自己的公寓。

东中野距离新宿只有两个站,但是总让人有一种走进郊外的感觉。

那个车站很神奇，从古至今都没有任何改变，从站台眺望外面的风景，与安男小时候看到的几乎一样。

安男慢悠悠地走出了车站，在商店街里散步。夕阳西下，微风吹拂着脸庞，把白天的闷热一扫而光。

他从商店街左转，朝神田川的方向下坡。茉莉就住在这片满是古老公寓与三层楼房的区域里。

茉莉曾说，搬家的时候因为巷道太窄了，搬家公司的车子没法子进来。她笑着说，这样也好，就算带着一夜情的男人回家，也不怕被纠缠。安男觉得，她这么说不过就是要面子罢了。

这里的路确实复杂，这么看来，茉莉说的话也是有几分道理的。

眼前的这栋房子上挂着一块木板，上面写着"柏木合作住宅"，而地图上早已没有"柏木"这个地方了。也正因为这样，人们才知道，这栋房子至少有三十年的历史。

楼梯上有十二个信箱，上面最多只有六个姓氏，不过这不能说明里头还有空房子。

"您回来啦！茉莉小姐在家呢。"

在歌舞伎町上班的菲律宾人看到安男，热情地打了一下招呼。

"是的,您路上注意安全。"

"谢谢,我出门了。"

这栋房子的住客每过一段时间就会换一批,但是茉莉跟他们都保持着友好的往来。

她就是这样一个女人。

他走到三楼,看见茉莉的家门敞开着。

"你这什么意思?没有开冷气?"

茉莉的房子是由两个房间组成的,六平方米多一点儿,中间被打通了,里面放着一张大大的床铺。

茉莉此时正坐在朝西的窗户边化妆。

"你还没出门哦?"

"对,今天约了客人外面见,然后一起去夜总会。我煮了咖喱,要一起吃吗?"

"你不是约了客人吗?"

"没关系的,我晚餐一般都要吃两次。"

"你这样不怕发胖啊?"

"反正我现在喝水都会发胖。"

茉莉抹匀了脸上的粉底,脸庞显得愈发大了。

"吃了饭再涂口红吧。"

茉莉身穿一件夏威夷风的洋装,站起身来的时候,外套也随之飘起来。她一脸妖娆,用双手抱住安男的脖颈。

为了维护一个男人的自尊,安男真的不想说自己是为了生存才与她同居。但他确实不可能会爱上茉莉这样的女人。

他们彼此长长地接吻,但这种亲吻并无激情。安男陷入了深思。

他并无心选择这个女人,茉莉也不会选择他。这样的安排更像是命运的捉弄。

这样想起来,茉莉曾在银座高级酒店上班这回事,真是不可思议。大概是因为,在泡沫经济时代,每个地方都紧缺人手吧。

茉莉在酒店里扮演的角色,就是衬托那些兼职女大学生的绿叶。只要茉莉把她的大屁股挪进包厢,就会把其他公关小姐衬得年轻又有魅力。

其实,安男并不记得自己当初亲近过她。在酒店下班以后,安男常常会带着一群公关去吃饭,或许茉莉就是其中之一吧。

破产后,安男和银座彻底没有关系了。某个周末在新宿闲逛的时候,他遇到了茉莉。他并不想遇到任何熟人,于是装作一副看不见她的样子,也没想到茉莉居然穿过了一大拨儿人流跑过来跟自己打招呼。

"好久不见啊,社长,你好。"

真是招人烦，尤其是在讨厌的地方看到了讨厌的人。曾经的他风光无限，在银座特别受欢迎。如今他落魄了，他可不想把这件事传到银座去。

不过，鬼使神差一般，那天他居然在屋顶啤酒花园把所有事情都告诉了茉莉。为什么会这样？大概是安男并没有把这个丑女人当女人吧，或是说，他压根儿没有把她当个人。

两个人喝多了，回到这个房间。那天晚上，安男和茉莉发生了关系……

"安男，现在好些了吗？"

茉莉在安男的耳边悄悄地问。

"再过一会儿吧。"

"你每次都这样，睡着了就不愿意起来了。"

"我会起来的啦，真的。"

好在他并没有起来。茉莉也没有把熟睡的他摇醒，安男也常常在茉莉起床之前就出门，并且彼此还有一个不成文的规定：周末要回到公寓。所以，两个人很少有交谈的机会。

同居了两年，他们发生关系的次数寥寥无几。

"我跟你说，我想回银座上班了。"

茉莉在炉子边上热着咖喱告诉安男。

"还是不要了吧,现在经济这么不景气,银座的生意也大不如前了。"

"新宿也一样啊,昨天连一个指名的客人都没有。"

"那今天不是还有客人邀约吗?你去银座,大概连这样的客人也没有。"

"但是夜总会的客人很烦啊,他们每个人额头上都写着'快来搞',讨厌死了。"

"难道银座的客人就不是这样吗?他们不过就是心机比较重,看不出到底在想什么而已。"

"……原来如此。"

茉莉坐在安男对面,放下了碟子。

"我脸上粘东西了吗?干吗这种眼神看我?"

"不是,我只是觉得,你如果能瘦下来,真的会是个美女。"

"快点儿吃饭啦。"

茉莉自顾自地吃了起来,没有理会安男的话。

这不是寒暄,安男心里真的是那样想的。尽管茉莉可能得减肥二十公斤才行,但是她的确长得还不错。

"那我认真减肥,行了吧?"

"还是算了,会把身体搞坏的。如果最后只是瘦了五公斤、十公斤的,没有意义。"

"喂,是不是太过分了你?还是有一些客人有恋肉情结的啦!"

"什么?恋肉情结?"

"当然啊,就是喜欢胖的。"

安男看着茉莉肥硕的身板,忍不住把嘴里的水喷了出来。

"不好意思,他们大概是喜欢'肉肉的',而不是喜欢'胖胖的'吧。"

"难道我不是肉肉的那种吗?"

安男再一次忍不住喷水。

"喂!我再说一次,那些喜欢'肉肉的'并不是真正的恋肉情结,我说的才是真正的那种。"

"真的有恋肉情结的人?"

"是啊,真的,他们揉着我肚子的时候就和揉女人胸部一样兴奋。只是揉肚子噢,不是爱抚那种。哎哟,我好像一直在说奇奇怪怪的话。"

"没关系。"

接下来,茉莉一声不吭地吃掉了一大盘咖喱,大概是想把自己的失言和尴尬一并掩盖。

安男从来没有见过把食物吃得如此津津有味的人,这已经不是贪婪或低俗了,而是一种丰满的生命力的体现。

光看着她吃,都会让人心生感动。

"难道你不会吃醋?"

"没什么吧,况且,我有什么资格吃醋呢?"

"嗯,我吃好了。"

茉莉咕噜咕噜地喝下了一大杯水,打了个响嗝的同时又叹了口气。

"老实说,我有点儿失落。"

"为什么?你希望我吃醋吗?"

"是啊,因为我爱你啊。"

"我也不会和自己不喜欢的人在一起。"

茉莉听了,咻咻地笑了,眉眼弯弯的。

"好吧,不许你再油嘴滑舌了,不过……你刚刚说的应该是真话吧?"

茉莉甩开膀子拉开衣柜,为自己寻找合适的衣服。整个衣柜都是华丽的服装,让人忍不住好奇,到底要去哪里才能买到这些衣服。

"这件会不会太素了?"

茉莉指着一件银河图样的洋装问道。

"是有一点儿。你可以搭配那一条孔雀色的披肩啊,三公尺的那一条。"

"也对。"

茉莉从衣柜里拿出了披肩。

"我真的快疯了。"

茉莉对着镜子补妆,把一条华丽的手链戴在手上,然后戴上夸张的耳环,这一身打扮尽管看着有些另类,不过她总算是为今晚做好准备了。

"我等会儿要出门一趟。"

"那晚上还回来吗?"

"会,也应该比你早。"

茉莉从来不会去管安男的行踪。也不能这么说。如果用英语表达的话,准确地说应该是她从来不会过问安男以"W"或"H"字母开头的问题。这大概与她本身是公关的职业也有很大关系。

"我想去医院看望我妈。"

茉莉麻利地把盘子给洗了,然后把一个被水弄湿的信封搁桌上。

"嗯,祝你母亲早日康复。这不是我的钱啊,咱们之间不谈钱。"

"你不用给我钱的。"

"你拿去吧,也没关系。"

"你还没发工资吧?"

"这就是那个恋肉情结的客人给我的,信封上面也没写名字。"

安男低声说："对不起。"然后又默默地低下了头。

"唉，咱们不是说好了不说抱歉这种话的，而且，今天咱们不是还要'那个'吗？我等会儿会把你叫醒的，我可能生理期快来了。"

茉莉大声地笑了笑，然后走了出去。

## 02

房间忽而安静了下来，安男独自一人抽起了烟。

茉莉到底多大了？今年初一到庙里去参拜的时候，她有些感慨地说一眨眼自己就三十好几了，可是这句话在五年前她也说过。

他明明和茉莉同居了两年了，可依然是不了解她。

那个信封里头，装着三万元。

安男的母亲在大学附属医院，去那里，必须要从三鹰站转公交车。

当安男坐着公交车走过草坪与杂木林之间的时候，天空忽然下起了雨。

半个月前，姐姐告诉他，母亲住院了。其实他根本不想去探望，但是姐姐还是希望他可以抽空过去。事实上，母亲住院并不是什么罕见的事。她一直以来都有狭心症的毛病，一年里头要住好几次院，不必每次都去探望。

尤其是，他每次和母亲见面，都会觉得特别难受。

安男的父亲在他出生后不久就死于出差途中的一场交通事故。他的母亲很坚强，自己一个人把四个孩子给拉扯大了。哥哥姐姐们都很有成就：大哥国立大学毕业以后就进入了一流企业工作；二哥考取了医大，还拿到了奖学金；姐姐则是找了在银行上班的白领当配偶。

只有安男混得不好，他虽然和哥哥们考进同一个高中，但是他高考失败，未能顺利地进入大学。

虽然安男曾经也是事业有成的，但只有母亲是发自内心地替他高兴的。他破产以后，哥哥们只是轻描淡写地说了句"知道了"，然后再也没有别的话了。只有母亲，是发自内心地在替他难过。尤其在安男混得不好的时候，母亲也曾拿出自己的一点儿积蓄，想要帮助他渡过难关。

公交车停在医院门口的时候，瓢泼大雨从车框流下。

已经过了探视时间了，门诊处出奇地安静，让安男有一种母亲已经去世了的错觉。

其实那一天总会到来的，而且也一定会发生在这家母亲习惯来的医院。

在电梯间里,安男想起了母亲的年纪。今年秋天,她就要七十岁了。俗话说:"人近七十古来稀。"她有这种老毛病,最替她操心的恐怕就是这个小儿子了。

安男走到七楼内科,在登记表处签上了自己的名字。这时,有一个从未见面的、严肃古板的护士直勾勾地盯着自己。

"请问,您是城所先生吗?"

"对,谢谢您照顾我的母亲。"

"长得真像啊,我一眼就看出来了。"

"您是说我和我母亲?"

"不,我是说你和红十字医院的那位城所医生长得很像。"

"哦,那是我二哥。您认识他?"

"我之前在红十字医院工作的。您跟他真的很像,只是您比他的身材小了一号。"

这番话无疑是让他难受的。二哥比安男大两岁,但不管是学业还是事业,都比他要成功得多。从小时候起,人们就爱把他们兄弟拿来作比较,而安男对二哥那冷淡的性格也喜欢不起来。

二哥也一样,他最不喜欢的估计就是安男了。几年前开始,二哥就在涩谷商业大楼内开业了。不过,一个星期里的某些时间里,他还是会去红十字医院出诊。

"麻烦您了,我二哥应该让母亲住到离他比较近的医院才是。"

"当医生的一般都不喜欢这样的,因为患者可能会任着自己的性子来。况且,这也不是城所医生擅长的呀。对了,您稍等一会儿,今天主治医生好像有事要与家属谈。"

"不不不,这样的话……"

安男其实想说自己对母亲的病没有什么发言权和决定权。虽然他也是亲儿子,但是却只是个小跟班。

"护士小姐,不如等我二哥来再告诉他吧。"

"请跟我往这里走。"

护士没有理会他说的话,带着他走进了护理站里面。

安男走进了护理站,只见一个看上去有点儿神经质的医生正在看着X光片,安男一眼就知道,他是内科医生。

"你们都这么忙吗?我们已经通过好几次电话了。"

"之前您应该是和长男通话的吧?"护士补充道,虽然不知道她在和谁说。

安男脊背一阵发凉。

"你们这些家伙,都不知道干什么吃的!没有一个人愿意过来照看自己的老妈吗?"

"不好意思,我大哥工作特别忙。"

"是吗?你二哥是红十字医院的医生?"

"对,不过他现在自己在外面执业了,有时候去红十字医院出诊而已。他是耳鼻喉科的,也特别忙。"

"那确实是很忙。你姐呢?"医生整理了一下桌子上的材料,用一种质问的口气说。

"姐姐已经出嫁了。"

"这算什么理由?"医生白了安男一眼,又叹了一口气。

"其实,只要有家属在就好了。就算哥哥们工作忙,嫂嫂总有空吧?看护并不是把所有的事情甚至是生命都扔给医院啊!"

"对不起……"

安男低下了头,心想:可是,我为什么要替哥哥们道歉呢?

医生看完X光片以后就陷入了沉默,灯光下,他脸上的表情显得特别冷淡。

"有什么情况吗?"

医生用一种不满的眼神瞪着安男。

"你看看这里,这是冠状动脉,负责将血液输送到心脏的,但是如今被胆固醇塞满了,变得非常细。这里,这里跟这里,还有这里……都非常狭窄。这很危险,明白吗?"

接着，医生拿出了一张正常的 X 光片并把它和母亲的放在了一起。这样一来，安男非常明显地看出母亲的病的严重程度。

"如果任何一个地方堵塞，那么就会引发心肌梗塞。我们之前让她吃华法令阻凝剂和血管扩张剂，也就是硝酸甘油，为的就是避免这个。这对轻度狭心症有较好的效果。"

"哦，这个我知道，母亲每次胸痛的时候，都会吃这个药片。"

"对，就是这个。但是如今从你母亲的情况看来，锭剂已经很难发挥效用了。目前我们采取的是用点滴补充硝酸甘油与钾剂，也就是说……"

医生拿下了眼镜，又看了看 X 光片。

"也就是说，她必须随时补充硝酸甘油。否则，心脏随时可能停止跳动。"

医生所有的话，都是为了补充说明"危险"二字。

安男闭上了眼睛，像是听到了医生在宣告死亡即将来临。

"那还有其他方法吗？"

"方法不是没有，像这些狭窄的部位，可以放置气囊。"

"放置气囊？"

"是的，我们把气囊放在血管狭窄的部位，然后让其膨胀，使血管扩张。又或者是，我们可以在狭窄部位放置线圈或支架。不过呢，如您现在所见，她的血管不仅是全部都变得很细，而且狭窄的部位也太多了。所以这些方法根本没用。"

安男掏出了笔记本，但是却没有办法写出一个字。

那一刻，他仿佛站在一场大雨里头，越来越冷，而且无法动弹。

"那有没有其他……"

母亲的生命就快要走到尽头了。他对母亲有深深的愧疚和负罪感。

安男拉了一张凳子，靠近医生。

"医生，拜托您了，能不能拿我的心脏去跟我妈的换呢？我妈就是因为我，才变成今天这样的。医生，真的，我什么都愿意做，求求您了。"

"冷静一点儿吧，城所先生。"

护士把他的胳膊拉住了。

"您的心情我可以理解，但是……"

母亲的状况已经这么危险了，为什么哥哥们还不理她呢？

"不会的，不会的，我不信，我不信。"

忽然间，安男像个孩子一样捂住了眼睛。小时候他总会想，万一有一天母亲死了，他怎么办才好。想不到，这一天真的要来了。

"还有一个办法。"医生的语气变得温和了起来，"可以做心脏绕道手术，就是在狭窄部位的附近开一条新的血管。"

安男点了点头。

"不管怎么样，您一定要救救我妈，求求您了。"

"先听我把话说完。其实，我们已经失去了做这个手术的最佳时机……"

安男脑海里"嗡"的一声，"失去了最佳时机"是什么意思，是太迟了吗？

"这是个大手术，要借助人工心肺机，让心脏停止好几个小时。我担心，您母亲的心脏不一定能承受这种负担。"

安男的身体忍不住颤抖了起来。母亲的身子太过虚弱，如今要在手术台上任人宰割，如果承受不了的话，还可能会死在手术台上。

"所以，还是行不通吗？"

"这个方案我们的教授目前还在考虑。春名一郎教授是心外科的权威，等他那边有消息了，我们就通知您，好吧。您告诉我，您的电话是多少？"

安男高圆寺的公寓没有电话，他把公司和茉莉住处的电话告诉了医生。

医生的语气比一开始温和了许多，他苦笑了一下说："您现在能明白我们当医生不容易了吗？你们一家对您母亲的病情都太不重视了。"

"对不起，我马上联系哥哥们。"

"对，通知他们吧。这么危险的手术，我没有办法只是在电话里面与你们沟通。今天您能过来真是太好了，我也有一种如释重负的感觉。"

换句话来说，母亲的病让内科已经无计可施了。

安男看了一下医生的名牌，上面写着"藤本"，他大概只有三十岁多一点儿。这个医生为了母亲的病费尽了心思，比自己的亲人都要上心。

一想到这里，安男再一次愧疚地低下了头。

"藤本医生，这段时间给您添麻烦了，真的太谢谢您了。"

"我不能不管吧，如果无法做手术，我也不会放弃她的。"

医生这句话的意思大概是他会尽量想办法延长母亲的生命，一直到她去世为止。

"那您快去看看她吧。您别怪我多嘴啊，既然她明明有四个孩子，为什么这半个月没有一个人来看过她？她一定很难过的。"

## 03

护理站旁边，就是母亲所在的病房。

安男走出来的时候特地估算了一下走廊的宽度，他怕母亲会听到医生说的话。

内科在晚上八点多的时候就已经如死水般寂静了。大学医院最引以为傲的就是设备，但是这些明晃晃的灯确实让人很不舒服。

安男突然想起一点，医院一般会把病情更重的患者的病房安排到护理站的附近，也就是说，母亲的病……一想到这里，他的心情就更加沉重了。这些年来，母亲是医院的常客，但这还是第一次被安排到护理站边上。

偌大的病房里只有四张病床，所有的情况，都在彰显着母亲病情的严重。

"妈妈。"

安男在走廊上喊她。

母亲躺在靠窗的病床上，听到安男的声音后，轻轻挪动了一下挂着点滴的手臂。

母亲的脸是朝着窗外的，但是却立马听到了安男的声音。他想，母亲果然在操心他的事情。她缓缓地扭过头来，认出了安男后，露出了无力的微笑，而且费劲地举起了挂着点滴的手，摆出了胜利的手势。

此时此刻，母亲内心的乐观和坚强让人心疼不已。

"妈，你别乱动。"

他怀揣着一种深深的不安感走到母亲的身边，仿佛在经历一场噩梦。

那是他第一次看到母亲这么痛苦的样子。过去就算他们家过得再怎么惨，母亲也不会让人看到她痛苦的模样。她很好强，也觉得自己不该给别人添麻烦，所以她总是坚持用一种乐观的态度去面对人生。即便生病，她也是如此，不曾对外流露过自己的难受。

眼前的母亲靠器械呼吸着氧气，双手都挂着点滴。病床边上的仪器，显示着她的心电图和蜘蛛网一样复杂。

母亲还是坚持微笑。

"妈妈，你怎么样了……"

安男发现自己连一句话都说不完整。纵然他心里藏着很多想对母亲说的话，但是一想到母亲在危重的病情面前依然惦记着自己，他就一句话也说不出来。他甚至没有办法直视母亲的脸。

当他坐下来以后，他开始看着苍白的病房。

靠近门边的病床上放着一张塑料被子，大概是给随时往生的病患准备的。对面的病床拉上了帘子，隐约可以看见护士走动的身影。旁边的病床没有人住。

母亲随着安男的目光看过去，说："旁边这个人昨天还在呢。"

忽然，母亲扑哧一声笑了，又说："我的小安呀……"

母亲张开她的左臂，用儿时呼唤他的那种语气叫他。

小时候，母亲下班时，总会用这样的语气呼唤在路边玩耍的他。到了每天傍晚，安男就会出门，一边在路边用蜡石画画儿，一边等母亲回家。

她的手掌在病魔的折磨下已经如树枝般干枯了。

"妈妈，你怎么回事呀，该不会一个人来医院的吧？"安男用嗔怪的语气对母亲说。

直到今天，母亲依然孑然一身住在老年公寓里，没有接受孩子们的照料。

"放心，我在消防署登记过的，只要一打电话，就会有救护车到。"

母亲的声音很微弱，但是却如笛声一般掷地有声。

"那时候我正在洗衣服，想不到突然就发病了，吃了两颗药片也没用，我就赶紧叫救护车了。其实我本来觉得就这样走了也是可以的，但是……"

"你到底在说什么啊?"

在大哥离开家,要搬进附有奖学金的配报所时,母亲特地煮了红豆饭送他,一是庆祝,二是道歉。当时,她说:"抱歉呀,孩子!家里没有房间给你读书了。不然你可能也会考上东大。"

安男不记得大哥是怎么回答的。

"不要开这种玩笑!"安男又一次嗔怪母亲。

二哥后来也搬到了医大的宿舍去住。母亲那时候在公寓下面拉着二哥的手握了好一阵子,她的心里大概也是在道歉吧,她还说了很多没办法送他去读私立医大的话。

后来,四个孩子就这么一个一个地离开了她。

"不要开这种玩笑……"

姐姐短大毕业后进入了银行工作,搬到了银行的宿舍。不久后,她就带着一个看起来十分体面的对象到家里拜访。当他向母亲郑重地提亲后,母亲听着听着就失去了脸上的微笑,低下了头,甚至还向他鞠躬道歉:

"很抱歉,我们家的家境不好,尽管知道这桩婚事不够门当户对,但还是希望你能让小女幸福,谢谢!"

母亲的愧疚一下子让对方有些不知所措。

把孩子们送出去以后,母亲一夜之间好像苍老了不少。

"开什么玩笑啦!"

"我怎么会开玩笑，我岁数大了，帮不了你们什么了。你们一个个呀，都做得很好。"

"你还有我啊！"

母亲笑了，吸氧的管子跟着发抖。接着，她有些无奈地看着安男，道："你倒是说说，你怎么回事啊，公司也破产了，还妻离子散。"

不能继续这个话题了。

"还不是名字起得不好，您当初不该给我取名为安男①吧。你看，发音一样的字还有'康''泰''靖'，对吧？而且还有很多字可以取名，不是吗？"

"那你就去改名啊！"

"名字是我爸起的，怎么能随便改呢？更何况，我爸留给我的，不就只有这个名字了吗？"

母亲笑眼弯弯地握着安男的手，那种眼神好像是在对他说：你看，他不是还给了你这个身体吗？

"所以你不喜欢这个名字？"

"对啊，两个哥哥叫高男、秀男，姐姐叫优子，怎么我就叫安男呢？每次在银行填写票据的时候，我都觉得很不好意思。社长城所安男……这样的名字迟早都会被银行拉

---

① 在日语发音里面，"安男"与"康男""靖男""泰男"发音相同，但是"安"在日语中还有廉价的意思。

入黑名单的。还有,我那个前妻叫英子。大家的名字都很好啊,都是个吉利的名字。"

安男带有一点儿自嘲的意味,笑了笑。母亲也跟着笑了笑。

"你的优点就是开朗。"

"开朗算是我的优点吧。要是我和哥哥们个性都一样,大概我已经死了好几次了。"

"对了,忘了跟你说,英子小姐前天来了。"

"英子?"

不可思议。的确,比起那些冷血无情的儿媳妇来说,英子算是很照顾母亲了。但他们现在已经离婚了,为什么她还会到医院来看望母亲呢?

"她来了?为什么她也知道你住院了呢?"

"这个……"

母亲顿了顿,说:"其实英子小姐一直没让我告诉你。一直以来,她每个星期都会给我打一两个电话,每个月也会带孙子过来看看我。"

"真的?那岂不是和以前没什么两样?"

"是的,她说那天给我打电话没接,她就跑去问了邻居。"

安男觉得非常羞愧,想不到已经离了婚的妻子,竟然比自己的哥哥嫂嫂更关心自己的母亲。

"你呀，真是没用啊你！"

母亲的嘴里慢慢地吐出了这句重话。

"英子这么好的人，你怎么可以做出对不起她的事啊，太丢人了！"

"母亲，丢人的是我。为什么哥哥他们都没有过来呢？哥哥他们要是能好好照顾你，真的不用英子这么多管闲事。"

"这不叫多管闲事，英子是多温柔善良的人啊！"

"她才没有温柔善良。"

安男差点儿就把生活费的事告诉了母亲，假装咳嗽了几声，掩盖了过去。

"不是她温柔善良，而是我那些哥哥嫂嫂太薄情寡义。"

"不会不会，你们都很关心我，况且现在也没出什么问题啊。"

"这是什么话，把一个心脏病老母亲丢在家里不管，还不叫有问题？"

"你不也一样吗？"

"唔，说是这么说……不对，过去我新家装修好的时候就让你过来跟我们一起住了，你自己不愿意来啊！"

"我这样决定没有错。那会儿我已经有不祥的预感了。"

"什么预感？"

"我觉得特别奇怪，你两个哥哥只是住在大厦里，姐姐好不容易在八王子那儿有了自己的房子，而你居然能够在世田谷买那么大的豪宅，来路不明的，我哪里敢去住？"

母亲轻描淡写地说着，却让安男非常难过，或许他该佩服母亲的料事如神吧。在当时看来，那的确是个正确的决定。

"那英子来了，有没有说什么？"

"她只是来看我而已。她说藤本医生说有事要和家属谈，但是她告诉医生如今她已经不算家属了。不对，难道不是她通知你过来的吗？"

"不，是我姐姐告诉我的，让我一定要过来。太奇怪了，她自己怎么不过来。"

母亲直勾勾地盯着天花板，似乎想起了英子的体贴。

"英子那天在这里哭了，跟我说了好多句对不起。她说，她得顾虑到哥哥姐姐的感受，不然她什么都愿意为我做。"

安男并不想听到关于英子的任何消息，索性站起身来。

"怎么？安，你要走啦？"

"我要去找哥哥他们，太生气了。"

"别去了，等下他们又该以为你要借钱了。"

"这是两码事。要是我有能力,完全不需要他们。但是现在我确实没有办法,走投无路了。我一个人在这里听医生说有什么用呢?这种情况下,他们应该帮忙。"

"就算你去了,也没什么意义的。相信我,当妈的最了解孩子们的个性了。"

母亲闭上眼睛,叹了一口气。

"抱歉啊,我得休息了。"

看来母亲不愿意再提起哥哥们。尽管她不承认,但是自己缠绵于病榻却没有一个孩子在身边,最伤心的,本来就是她自己。

"回去吧,再见了,安。"

母亲用尽力气举起手臂,朝他挥了挥手。

"母亲,你一定要坚持住,就算我的公司倒了,我也不会让你倒下的。我不会让你死的,我一定会想办法把你治好。"

母亲没有回答他。

接着,她的呼吸声变得越来越重了,她想假装自己睡着了。

# 第三章 绝望的求助

## 01

安男还有好多事需要做。

但是不管怎么样,首先得去找哥哥们,事不宜迟。

哥哥姐姐们住的地方不一样,大哥在世田谷上马,二哥在千岁乌山,姐姐在八王子,他决定搭京王线。

走到医院门口,安男坐上了前往杜鹃丘的公交车。公交车上开了空调,雨水啪啪地拍打着车顶。

安男整理了一下被雨水打湿的头发,心里头盘算着接下来要做的事。

首先,他的个人感情得暂时放一边,目前最重要的事情就是救母亲。哥哥姐姐们疏远了自己是可以理解的,哥哥们和姐夫正处壮年,是人生的重要时期,没必要被破产的弟弟给影响到了。

哥哥们为了保全自己，有了某种程度上的默契。当公司面临着财务危机时，他想请哥哥们为自己做担保人，还曾经和英子一起去拜访他们，但是却遭到了同样的拒绝：

"我现在也是自身难保，哪里有这种能力插手你的生意啊！"

也不能怪哥哥们冷漠。当时安男的城所商产负债高达十亿，债台高筑，哥哥们的反应也是最理智的判断。

然而，自己的境遇没什么要紧，母亲的生命才重要。

雨越下越大了。不仅如此，窗外还开始刮起了大风，路边的树木被风吹得东倒西歪的。几个在半路上车的男人在谈论中提到了天气预报，据说是强台风即将登陆了，本应在九州岛方向的，突然变了风向，往东京扑来。

安男有一种似乎全世界的坏事都冲着自己来的感觉。

"但是，这也太奇怪了。"安男盯着布满雨水的窗户发呆。

为什么母亲被救护车送到医院的时候，哥哥没有出现？

的确，母亲算是医院的常客了，每年叫那么几次救护车在所难免。但即便如此，心脏病发作了也不是小事。如果真的如藤本医生说的，母亲已经心肌梗塞，那母亲的生命可就危在旦夕了。

他不曾亲眼见过母亲发病时的样子，难以想象当时的她承受着多大的痛苦，不过既然能够自己叫救护车，还能指定去哪家医院，情况应该不算太坏。但是，大哥不是母亲的紧急联络人吗，二哥不还是医生吗，他们怎么都没有及时赶到医院呢？

安男更想不明白。

或许事情的真相是母亲拜托当天的医护人员不要联系哥哥，大概医院也会尊重病患本身的意见，所以同意了她的请求。

"太不像话了啊。"安男嘴里嘀嘀咕咕的。

不想麻烦孩子的母亲，不想关心母亲的哥哥们……即便他们的想法吻合了，安男也无法原谅哥哥们的冷酷无情。

狂风暴雨中，公交车行驶得非常缓慢。当车抵达杜鹃丘站的时候，已经是晚上十点钟了。

车站公共电话亭前排队的队伍很长，安男湿漉漉地穿过安全岛，走到电话亭里。

他心想，应该先给大哥打个电话吧，不需要多说什么，但一定得跟他们见一面。大哥是很自我的人，凡事都只考虑自己的利益。

电话通了，是大嫂接的电话。

"不好意思,这么晚打扰你们了,我是安男。"

电话那头突然安静了,不用想,安男就猜到大嫂已经皱起了眉头。

"哦,安,真是不巧了,你大哥今天可能要住公司了,他还没回来呢。"

毋庸置疑,大哥一定在家的。因为大嫂接电话的时候总是问一句答一句的,刚刚的说辞,像是早早准备好的台词。

"我有要紧事找大哥,是关于母亲的。"

"母亲?母亲怎么了吗?"

安男强忍着怒火。

"大嫂,难道你不知道母亲住院了吗?"

"知道啊,然后呢?她的情况不好吗?"

安男已经不想回答了。如果这通电话是关于母亲的噩耗的,大概大哥就不会不接了吧。安男脑补着大哥在客厅里一边听妻子在电话里头应付他,一边擦着高尔夫球杆的模样。

"她已经住院了,当然是情况不好了。而且,她是自己一个人叫救护车去医院的。总之麻烦你转告大哥,让他打电话给母亲的主治医生藤本。如果他确实太忙了,那就劳烦大嫂你打电话给他。就这样吧,打扰你们了。"

安男说完，自己把电话挂了。大哥他们会说什么呢？他脑补了一下——

"干吗？他又想来借钱？"

"没有，他说母亲的情况好像不太好，让你给她的医生打个电话。"

"哦，应该没什么好担心的吧，医院确实通知过我去一趟，你帮我去一趟吧。"

"我去？不好吧，如果是要和家属说病情，老二去不是更合适吗，他可是医生啊。"

"也对，那我等下给他打电话。听安男这口气，估计是被母亲骂了吧。"

"对啊，所以他就找到我们头上来，真烦。"

"不理他了。"

"知道。"

——大概就是这样的对话吧。

## 02

过了一会儿，安男情绪稍微平复下来。他开始打电话给二哥。二哥倒是不会假装不在，但是他是个彻头彻尾的冷血动物。本来就没有良心的人，也没必要假装。

二哥接电话了。

"喂，我是安男。"

"是你啊，还好吗，好久不见。"

二哥说话的语气总是那么强硬，从小到大就是一副不服输的脾气，所以人际交往方面一直也是不卑不亢的。他这样的脾气和秉性，在他独立执业以后更甚了。

"不好意思，这么晚打扰你了。我是想和你谈谈母亲的事，你现在方便吗？我想过去你那里一趟。"

"哦，母亲的事啊。"

二哥的语气立马缓和了许多，言下之意似乎是："还好，你不是又要借钱……"

"是的，我刚刚从医院出来，主治医生对我说了母亲的病情，但是我现在用电话说不清楚。"

"我听说了啊！"二哥一副满不在意的语气，"不过我是在电话里和他沟通的，是一个叫藤本的医生。"

"什么，那你就是已经知道了？"

"对，虽然这不是我的专业，但我好歹也是个医生，一听就知道了，好像是三根血管都堵住了吧？"

"三根？"

"嗯，简单来说，就是心脏的三根主要血管，叫冠状动脉。母亲的三根冠状动脉都已经变得很窄了，无法再通过气囊或是激光去治疗。"

"不过，医生说动手术说不定能治好。"

"别傻了，正是因为不能动手术，所以才一直用药物控制，明白吗？你不要觉得有希望了，医生不可能告诉你动手术就能治好的，我觉得，她的病应该是治不好了。"

大概没有什么话能比这句话更无情了吧。安男仿佛看到二哥用他那细细的眼睛透过他那厚厚的镜片盯着自己看。

"为什么治不好呢？你只是通过电话和医生沟通了，你没有见过医生，更没有去看看母亲，你就得出了这样的定论。二哥，你不觉得这样太过分了吗？"

"可我是一个医生。"

二哥的声音笃定而冷漠。

"我不管，你必须去一趟医院。"

"没有这个必要了。你也不要来找我了，这么晚了，我的家人也要休息了。"

安男差一点儿就要破口大骂了。他望向窗外，拼命深呼吸稳住情绪。

"二哥，难道母亲不是你的家人吗？你如果这样对我也就算了，可是，你怎么能这样对母亲？"

"不要说这些没有意义的话，我不信你这小子说的，如果我当初和你一样走错一步，现在我也破产了。"

"我没有要和你谈我的事，我现在说的是母亲的身体。"

"我来跟他说！"电话的那头，当过护士的二嫂突然抢了话，用她高亢的声音说，"安，你别太过分了啊，说什么母亲的事，你不过就是另外找一个借口想要借钱！"

二哥在旁边说："行了，你别说了。"

"为什么不说？你就是把他惯坏了！安男，我丑话说在前头，你该不会忘了你曾经想害我们负债的事吧？行了，母亲的事我们和大哥会管的，不需要你操心。"

"你开什么玩笑？二嫂！"

安男开始气得胃绞痛了。

"谁会管？到现在有人在管吗？母亲是自己叫救护车去的医院，你知道吗？"

"那是因为母亲自己不愿意给我们打电话啊。"

"那你现在知道母亲住院了吧，你们去过了吗？"

"这个……我们是知道，但是我们确实很忙啊。"

"你们很忙,但是你们没有生命危险吧?现在母亲已经有生命危险了!"

这时候,二哥把电话抢了过去,说:"行了你,不要太过分了,这事情跟我老婆有什么关系,有什么冲我一个人来就好了。"

安男觉得很无力,不知道能说什么了。

总之,如今哥哥们一心只想维护自己的利益,跟这些自私自利的人,已经没什么好说的了。他也曾和哥哥们一同度过贫困的童年,按理说,他应该明白他们的心情和处境。

"二哥……"安男的语气突然像个孩子。

"怎么?改苦肉计吗?"

"不,请你相信我,我并没有要和你借钱,我真的只是想和你说说母亲的事。"

滂沱大雨在耳边回响。

"我能理解你们现在的心情。我也是一样,日子好过的时候,根本没有想过母亲。我们都在石神井那间十来平方米大的公寓里度过了童年,最后做生意、当医生、嫁人,但是我们总不能忘了这一切是谁给我们铺的路吧?我知道,四个孩子里头,我是最不让母亲省心的那个,也没有资格跟你说这种话。但是母亲已经这个情况了,求求你了，考虑一下吧。"

二哥没有说话，在电话的那头陷入了深思，这真是非常罕见的情况。

"真的，我求你了二哥。我说话没人愿意听，所以麻烦你和大哥、姐姐说一下吧。我们对于这件事有点儿太轻视了，大家心里都以为没什么问题。但是二哥你应该清楚啊，母亲这次的病情真的很严重。"

"医生现在采取什么治疗手段？"

过了一会儿，二哥用他那专业的口吻问。

"我真的不太明白。"

"那你今天看到什么了？"

"母亲所在的病房就在护理站旁边，里头只有四张病床。"

"嗯，是加护病房。"

"不，只是重症患者的普通病房。里面有很多机器，母亲用仪器吸氧，两只手都在打点滴，身上缠了很多线。"

"明白了，我会去趟医院的，也会和大哥联系。"

听到二哥那样说以后，安男整个人几乎虚脱了。

"藤本医生说，会有一名叫春名的教授跟我们详细介绍母亲的情况。"

"春名一郎?"

"对,你认识他?"

"他可是冠状动脉绕道手术的权威。母亲的病……真的到了那么严重的地步?"

二哥又变回了一开始的语气。

"是的,二哥,这两天赶紧去一趟吧。"

安男把医院的电话号码告诉了二哥。

挂上电话以后,安男感觉到了一丝轻松,但是很快这种感觉就被愧疚替代了。

安男在玻璃上看到自己一蹶不振的样子,心想,如果他现在事业还成功,那么……

那么他大概不必这样去找两个哥哥,甚至不需要找任何一个人帮忙,他凭借自己的能力就可以给母亲最好的治疗。但他现在没办法,他没有钱,他也等不起了。他,确实没有一点儿能力为母亲的生命负责。

安男走进了瓢泼大雨里,想起了前妻英子。

他已经很久没有见过她了。他们上一次见面,大概是在去年的圣诞节的晚上吧,当时他还和孩子们一起吃了饭。他拜托野田律师去协调,才安排了那天的相聚。目前,他除了知道母子三人住在大森那儿的大厦,其他的一概不知。

他不曾想过，那个对自己冰冷如山的英子，竟然在离婚后对自己的母亲那么关心。不过，安男知道这并不代表她对自己还有留恋，大概她本就是一个温柔善良的女人吧。

安男不想湿漉漉地去搭电车，于是就走进了等待出租车的队伍中。他心想，这里到东中野要多少钱呢？他刚从茉莉那里拿走了三万块，总不能因为省钱，就回离自己比较近的高圆寺的公寓吧？

# 第四章 我不会离开你

## 01

"天啊,安男你这是怎么了?怎么这么湿?"

茉莉刺耳的声音把安男从梦中吵醒。

他感受到了一阵耀眼的亮光,他多么希望他悲惨的生活只是一场梦。

"你快起来,至少把这外套先脱了。怎么,你没有喝酒啊?"茉莉把安男从地上抱起来,闻了闻他身上的味道,"安男,怎么回事?不舒服吗?"

"没有,我只是太累了。"

"再累也不能湿漉漉地就睡觉,发生什么事了?"

"说来话长,反正就是发生了一件让我最后穿湿衣服睡觉的事。"

茉莉一听,"扑哧"一声笑出了声,接着,她熟练地给安男脱衣服。

"你难道不想知道这是什么事吗?"

"如果你觉得说出来心里会舒服一点儿,那你就说。不过我知道,事情可能没那么简单。你先睡觉吧。"

茉莉帮安男把袜子脱了,用手捂住他冰凉的脚掌。

"遇到不好的事情,就把它给忘了吧。再说出来就等于又把它重温了一遍,这不是跟自己过不去吗?"

"说是这么说,可是你不会在意吗?你不是说你爱我吗?"

"是啊,但是,如果你不喜欢的事情,我也不会喜欢的。来吧,我去给你打热水,你先把裤子脱了,盖好被子。"

茉莉把安男的衣服挂到衣架上,然后把湿的内衣裤拿进浴室,开始哼起了歌儿。

安男盖好被子,抽起了烟。

"没事的,安男,和我在一起的男人,都会越过越好的。"茉莉一边哼着歌儿一边说出这样一句话。

她老是喜欢把这句话挂在嘴边,安男心想,或许她是对的吧。茉莉有一种能让人安心的能力,尽管他并不爱她。他会选择和茉莉同居,除了为了生活,还因为茉莉的宽容能让人有安全感。

"他们都去哪儿了呢?"

"谁?"

"就是那些越过越好的男人啊。"

"因为他们都是好男人啊,所以他们最后都回到那些好女人身边了。"

茉莉再一次笑了。但是,她真的是觉得好笑吗?

"你心还真大啊。"

"那种男人多了去了,跑了一个,那我就再找一个呗。女人其实很简单的,有了新的男人,自然就会把旧的忘掉。"

"原来如此。"

"银座就不行了,大部分人都是去应酬的。他们在大公司上班,拿公家的钱到酒店去挥霍,这种男人很奢侈,也不会受伤的。但是,新宿的夜总会就不一样。"

茉莉把丝袜脱下,回到房间。她硕大的身躯和细细的双腿根本不协调。

"我不会被这些男人束缚的,他们都是一些失败的好男人。"

茉莉脱下衣服,放在一边。她站在床边,看安男的脸。

安男不清楚茉莉到底是聪明还是愚蠢。应该说,她没接受过什么教育,但是却很会说话。即便她偶尔会开一些不合时宜的玩笑，但不会让人听得生厌。

"失败的好男人？"

"对啊，就像你一样啊。"

茉莉用手抚摸安男的脸，就好像在抚摸一只小鸟。

"你怎么知道那些是失败的好男人？那些男人都那么好面子。"

"你想知道？"

"对啊，我一开始就是这样子了。"

"是啊，安男的确和别人不太一样。不过我告诉你，想找到我喜欢的男人很简单的，看他穿什么衣服我就知道了。"

"穿什么衣服？"

茉莉的呼吸中带着酒气，她指着安男的外套，说："他们都是穿着没有熨过的巴宝莉或者阿玛尼。"

安男听了，脊背一阵发凉。

## 02

果然不是简单的女人啊。

她了解男人的饱经风霜。他们破产以后，不动产、股票之类的东西会越来越少，然后被妻子抛弃，家庭破裂。走投无路的时候，他们会把身上所有值钱的东西拿去卖掉，最后只剩下一件西装外套。

"没有熨过的阿玛尼？为什么？为什么你会喜欢这种失败的好男人？"

"愁苦。"

这似乎是茉莉心中早就想好的对白。安男觉得，也许这是她和所有男人都发生过的对话。忽然，他的心里有点儿酸。

"我有什么愁苦呢？"

"有啊，安男的愁是数一数二的呢。"

"这是什么意思？是在夸我？"

"是因为，我过去认识的你，每天都坐着奔驰轿车来银座消遣。失败也分很多层级的，安男这种急流而下的男人，我倒真是第一次见，太迷人了。"

茉莉一边说，一边妖娆地抱着安男的脖颈。

"那就是说，我失败的层级非常高，我的愁苦也非常深？"

"对啊！简单来说，安男就是愁苦的综合体。你总给人一种肩负人生的感觉，过去的美好时光一直留恋不忘——

我真喜欢这样的感觉呢。"

安男忽然觉得，茉莉是个怪女人。不过，换一个角度想，安男也会喜欢那些有故事的女人。

两人深情拥吻，茉莉伸出柔软的舌尖触碰安男缺了门牙的缝隙。

"我和你说吧，"安男把嘴唇挪开，"我母亲可能快要死了。"

两个人就那么贴着脸，安静地听着外面滴答的雨水声音。

"你今天说她住院了，去医院看她了？"

"对，她就像一盘意大利面一样，病怏怏躺在床上。心脏病。"

茉莉叹了一口气，情绪忽然激动了。

"对不起啊，安男。"

"怎么？"

"我刚刚以为你是去那边了，所以才会心情不好。"

"那边？"

"对啊，就是你前妻那里。我以为你是想去看他们，然后骗我说要去看你妈。"

"那你还给我钱？还祝我母亲早日康复？"

"安男……"茉莉别过脸去，斜眼看着安男的眼睛，

"那是因为,我想让你去买单。尽管我喜欢失败的男人,但我还是不愿意看到你前妻给你买单。"

原来是这样。不过,带着三万块去看病确实也太"多"了,但是拿来付一顿饭钱却刚刚好。

看来,茉莉真是个体贴的女人。

"你母亲情况不太好?"

"是啊,医生把我臭骂了一顿。我那两个哥哥不管不顾,至今还没有去过一趟医院。"

安男本想把英子的事情说出来,转眼又把话咽回去了。

"医生说她心脏的血管堵了,再这么下去,她就没得治了,现在在考虑要不要手术。不对,是在考虑能不能手术。"

"这样啊……"茉莉起身,脱下了内衣,她雪白的肌肤上留下了内衣的痕迹。

"这真是雪上加霜。"

"这也是我愁苦的一部分吗?"

"安男,你这种状态已经多久了?"

"两年了。"

"要是快的话,差不多了。"

"什么意思?"

"翻身啊,快的话两年,最慢也不过三年。"

茉莉确实很会说话。或者说，她看到了某种预兆？现在说自己能够翻身，确实没有什么依据。

"不太可能了。"

"你知道吗，安男，从前我见过的那些男人也是这样。快的话两年，最慢也不过三年，熬过去了，他们就会好转起来。"

换句话来说，就是这些男人两三年后都会把茉莉抛下。

"这跟我母亲的病没有关系吧？"

"有，如果我的直觉没有错的话。应该说，按照我的经验来判断……"

茉莉站起来，伸了一个懒腰，似乎要一口气把房间里的空气吸干。

"按照我的经验，翻身之前一定要发生一件大事。一个人失败太久了，总要发生一件什么大事才能让人重振旗鼓，这件事或许会改变你的一生。安男，我和你说吧……"

茉莉把她丰满的身子转了过来，一本正经地说。

"你可不能让你母亲就这么离去。我会支持你的，这是一场赛事，还会改变你的一生，相信我。"

安男站起来，看着茉莉。

那些男人，大概都是被她拯救的吧？可是他们为什么还要抛弃她呢？

雨声充斥着整个世界。安男忽然有种感觉，自己这落魄的两年都活在这个大都会的虫蛹里面。

"如果我能翻身，我也不会离开你。"

茉莉看了看天花板，嘴角轻轻上扬。

"我可以信任你吗？"

"当然，我答应你，我不会是冷酷无情的人。"

"谢谢你，安男。"

茉莉转过脸去看安男的眼睛，笑眼饱含着泪水。

如果能把母亲救活，自己大概也会像一只蝴蝶一样飞上高空吧。

"走，一起洗澡去。"

茉莉向安男伸出手。

那一刻，安男觉得，她的手掌比所有人的都宽厚柔软。

# 第五章　渺茫的生机

## 01

兄弟姐妹四人有多久没像今天这般相聚了呢?安男已经想不起来了。安男说,大概是从大哥搬出去以后,四个人就没有相聚过了。

"你在说什么?安男的公司倒闭之前,我们不是还回去开了一次家庭会议吗?"姐姐一边对着镜子补妆,一边皱着眉头说。

"大家都会把自己的不幸忘记。"二哥一边看着母亲的X光片一边回答,同时叹了一口气。

"怎么样,是不是不太好,秀男?"站在窗边的大哥问道。

"很难。"

二哥用医生常用的口吻回答,大概就是很糟糕的意思了。

"是怎么难？有生命危险吗？"

四个人聚在一个被夏日的阳光充盈的会议室里。

"姐姐，心脏病本来就是有生命危险的。"

"我的意思是，情况到底到哪种程度了？"

然而，姐姐的神情根本不如她说出来的话那么关切。她关上了粉饼盒，伸直了背——这个动作是他们兄弟姐妹几个的习惯。这一刻，他们似乎像极了母亲。

大哥走了过来，在长桌边上坐下。他拉高了深蓝色西装的衣袖，看了一眼手表，一副生意人的样子。

"好久啊！"

"医生巡诊本来就是很费时间的，更何况是春名一郎这样的教授巡诊。"

"跟皇帝出巡似的，这教授真这么厉害？"

"他是世界级的权威，这个医院的活招牌。"

二哥压低了声音说。

"感谢上天，这么好的医生帮母亲看病，也是母亲的幸运啊。"

"家里有人当医生就是不一样。"

二哥朝大哥和姐姐看了一眼，点了点头。

前天安男和二哥通电话的时候，知道他根本没有见过春名教授。如今看着他一脸似乎因为他的关系才让母亲得到了春名教授诊治的模样,安男觉得他有点儿恶心。

"然后,情况怎么样?"安男问。

大家的目光都聚集到二哥这边。

"看,医生会把导管从脚的附近插入,然后注入显影剂到血管,这样就可以把心脏附近的血管看清楚了。"

"那就像硫酸钡显影剂那样吗?"大哥看着那张 X 光片问。

"差不多。不过这个检查没有那么容易,对了,谁签同意书的?"

大家面面相觑,谁也不知道做个检查还得签家属同意书。

安男看到大伙儿这个反应,忽然想到一个人,回答道:"可能是英子吧,不过我也不确定。"

他本想以此讽刺哥哥们的无情,没想到姐姐先大喊道:"你没事吧安男,竟然让你前妻来做这种事?"

"我没有叫她来,之前只有英子一个人过来看母亲,肯定是因为我们几个都没有过来,她才帮忙签的。"

"那英子不会给我们打电话吗?她已经和你离婚了,还签什么同意书啊?难道还用'城所英子'来签名?"

"她怎么可能会打电话啊!再说了,医院不是也打过电话给姐姐吗？医院以为我们不管不顾，英子才会签名的。"

姐姐的表情更加不愉快了。

其他人背对着白板，眼神严肃地看着安男，就好像在说，这里根本没有你说话的地方。

"大哥，你说，英子是不是太爱管闲事了？"姐姐在向大哥争取认同感。

"确实有点儿无聊就是了，也不算爱管闲事。"

在所有人都不知道的情况下，英子突然成了与城所家没有关系的外人，他们对英子没有好感也是可以理解的。但是，就算英子依然是他们的弟媳，这几个无情无义的家伙也不会想要帮她吧。

然而，安男已经不想再争辩下去了。

"秀男，现在到底要怎样？"姐姐看了一下X光片问。

"糖尿病引起的，看吧，这里的血管都变得很窄。"

姐姐一边点点头，一边朝着安男翻了个白眼。

"安男，你是不看吗？"

"我那天已经看过了，藤本医生也已经告诉过我了。"

"这样啊。"

姐姐又把视线移到X光片上。

"糖尿病的并发症很多，其中一个就是动脉硬化。血管中堆积了胆固醇，会造成脑溢血、心肌梗塞、下肢坏死等。母亲还没有到梗塞的地步，现在是狭心症，但可能随时都会有这些症状。"

这时，护士过来敲门道："人都到齐了是吧？"

紧接着，医生团走了进来。

## 02

四个人一起站起来，藤本看到安男说："你好。"

"哪位是红十字医院的城所医生？"

"是我。"二哥举手，有些紧张地看着窗边那位白发的教授。

"请坐吧，我是春名。"

教授身边有好几个医生，一个是藤本，一个看似是新陈代谢科的医生，还有好几个拿着笔记本站着的年轻医生。

"你是哪个大学毕业的？"春名坐下以后问了二哥这个问题。他很自然地称呼"你"，大概是医生之间都是这样打招呼吧。

二哥有些不好意思地回答了那所乡下医大的名字。

"这样啊。"

春名教授其实并没有瞧不起二哥的意思，但是安男听起来还是有些别扭。接着，二哥和教授聊起了一些彼此共同认识的好友，大概医生们平日里头的寒暄就是这样的吧。

　　有个看上去像护士长的人给他们递上了资料，藤本医生先接了过去，然后把资料从信封里头取出来，放在教授面前。

　　在看这些资料之前，春名看了一眼二哥手上的X光片。

　　"情况你都告诉过他们了吗？"

　　二哥看似有些惶恐地回答："对，我把自己所知的说了。"

　　"其实也是很显而易见的。"教授摘掉了眼镜，换上了老花镜，换了一种语气说，"刚刚城所医生已经把情况和大家说明过了，你们的母亲情况不复杂，也不需要我再多解释了。"

　　安男突然慌乱了，教授说"不复杂"，也就意味着没有其他方法了。

　　"她的冠状动脉有三处非常狭窄，只要有一处堵住，就会导致心肌梗塞。所以现在我们来考虑给血管持续补充扩张剂，还有注入让血液凝固的药剂，这在内科治疗中已经是极限了。今天我之所以会把大家叫过来，是想跟你们说，我们之前考虑过是否动手术，也就是冠状动脉绕道手术。"

教授说话的过程中能让人听出这场手术的难度。他说着说着，继续低头看病历，似乎在思考该怎样才能更好地表达。

"因为病人本身患有糖尿病，所以心脏功能原本就不佳，导致这个手术具有更高的风险性。"

沉默了一阵子，二哥说道："我还是觉得，不要动手术，继续用内科的方式去治疗比较稳妥。"

教授摘下了老花镜，叹了一口气说："你这是站在医生的角度，还是站在家属的角度呢？"

"当然是家属的角度了，因为这方面我并不擅长。"

春名教授点了点头。

"那我能否把你的意见当作所有家属的意见？城所医生的意思是，与其动手术冒险，不如用内科治疗的方式来延长生命。你们的母亲已经有一定的年龄了，这样的考虑也是符合情理的。"

安男觉得，这根本就是教授不想负责任。春名不希望自己亲手完成这个艰难的手术，而且他把要不要动手术这个事的决定权交给了二哥。当然了，二哥也不会听不懂教授的言外之意。如果是这样，母亲的生命就在这种情况下被放弃了。

"医生……"安男觉得必须出声。

"什么事?"藤本医生代替教授回答。

"是这样的,手术的困难我不太了解,但是我希望,如果可以的话……"

藤本用眼神示意安男不要把话说下去。

他原本想说,如果可以的话,他还是希望做手术。

然而藤本医生眨了眨眼睛,这个举动堵住了他的嘴。

"哦,还是算了吧……"

教授看上去像是吁了一口气。

"好,那我就当作全体家属的意见了,可以吧?"

在场没有人回答。过了一阵子,二哥抬起头来说:"可以。"

就这样,一个煞有介事的"会议"结束了。后来,医生团一个个走出去,把家属留在了原地。

## 03

像是经历了一场战争,大家的表情都是木然的。教授过来并不是想说明病情,也没有告知他们治疗方式,而是在预告母亲的死亡。在那短短的几分钟里,母亲的生死就这样被决定了。

"所以,就只能是这样了?"

姐姐说了这样一句话后,再也说不出其他的话了。

"姐,春名教授已经说了,没有别的办法了。"

不对,这不过是一场"仪式",二哥作为医生也参与其中。

"也没有其他方法了,母亲这么大年纪,也不会想动手术的。"

大哥的话冷冰冰的。

安男朝阳光灿烂的窗外望去。

现在仅剩的一点儿希望,就是藤本医生刚才可能在用眨眼睛的方式告知他某些信息,或许他想告诉安男有别的办法,只是当时不能明说。

"走吧,我们先去看看母亲,等离开的时候我们一起吃个饭吧。"

大哥从椅子上站起来,姐姐和二哥也像解脱了一样。只有安男,心里沉重得根本无法动弹。他觉得,不能就这样算了。

是他看错了吗?为什么大家的表情都那么轻松呢?

对,他没看错,他们都觉得很轻松。

"安男,走啊,还想什么呢?"

大哥又看了一眼手表，不耐烦地催安男。

母亲的生命已经危在旦夕了，他还有什么比这更重要的事情要忙吗？

"安，我们的心情跟你的是一样的。一起吃饭吧，然后我们讨论一下接下来的事情。"

姐姐的表情非常轻松。

接下来的事情？接下来有什么事情？难道是要为母亲的葬礼做准备了吗？

就在二哥打开门的那一刻，藤本医生进来了。

"大家辛苦了。"

藤本医生拍了拍二哥的肩膀，走进了会议室。

"能打扰大家两三分钟吗？"

二哥斜眼看了一下藤本，有种被轻视的感觉。弦外之音是，怎么说，我好歹也是你学长吧。

"还有什么事吗？"

"对，其实还有一种治疗方案。"

"春名教授刚刚不是已经说得很清楚了吗？"二哥很显然不想听藤本的话，反问他为什么还要继续说，不想给他继续说下去的空间，"手术我们是不可能答应做的，春名教授都那样说了，你一个内科医生还想插手什么？"

"对，您说得是。"藤本点了点头，礼貌地对他们说，

"教授刚才的确是建议采用内科治疗的方式，但是我和他私下讨论过了，还有一种方案可行。只要给我两三分钟时间就可以了，请大家听我说一下。"

藤本看了一眼走廊外头，回头把会议室的门关上。

"这又不是什么不可告人的秘密。"二哥坐下后，没给藤本好脸色看，"不能公开？"

"对，可以这么说。简单来说……"

藤本看着各位家属，用眼神告知他们，在场的人不要向其他人说起这个事情。

"春名教授之所以会这么决定，并不是无法动手术，而是因为这个手术在他的能力范围以外。"

二哥睥睨了他一眼，双手交叠，说："你的意思是春名教授做不到？那我先把话说在前面，我们不可能等母亲情况好一点儿，把她送到国外治疗。"

"那是自然。坦白说，你们母亲的病情想要大幅度改善是不太可能的，就目前内科的技术而言。"

"那你是想说什么？"

"这个手术，有一个医生可以做。"

"别开玩笑了，春名教授无法做的手术，居然还有另外一个医生能做？"二哥把眼镜摘了下来，不耐烦地反问道，"你们医院想要逃避责任就直接说！我好歹也在红十字医院待了多年，尽管现在自己执业，每周回去的时间不长，但是我也明白，医院有自己的立场。但是，如果你们现在连内科治疗这样一种延长我母亲生命的做法都不同意的话，是不是太过分了？况且，你们打算随意打发一个医生来动刀，最后告诉我们真的没办法，对吗？"

"城所医生，请不要这样。"

二哥的每一句话都在挑衅，但藤本医生依然是一副淡定自若的表情。

"那行，你倒是说说看。在日本，在这个冠状动脉绕道手术上，我觉得没有比春名教授更好的医生。"二哥越说越激动。

如果二哥说的话是真的，而不是故意挑衅，那安男也觉得医院的做法很过分。

大哥和姐姐也皱起了眉头。

就在藤本医生打算开始说的时候，二哥抢过了他手中的资料。

"我看一下。"

"您请。"

二哥厚厚的眼镜后面，一双细小的眼睛仿佛会发光，他一页一页地看着资料。

"用人工心肺去连接患者，然后把胸部剖开，你这样的做法无疑是在杀人!况且你们无法完善血糖值的管理,也阻止不了肾脏机能衰退。更重要的是,我母亲的心脏承受不了,你们难道是想拿她来做实验吗?"

"请您听我把话说完。春名教授的确在冠状动脉绕道手术方面是权威,但就目前的医疗技术来看,确实没有办法完成这个手术。正因如此,他才会私下跟我商量这个方案。"

"二哥,你让他把话说完啊。"安男阻止二哥反驳。

"你听他说完,说不定母亲有救的。"

二哥提出的疑问很有道理。但是母亲如今已经被宣告死亡了,即便那只是一个无稽的方案,还是有一线生机的。

藤本医生对安男笑了笑,与二哥说:"您听说过千叶的圣马克斯吗?"

"没有,是什么?"

"就是千叶鸭浦町的圣马克斯纪念医院。"

"那儿不是渔港吗?"

"对,就是那里。那里有一家天主教的医院。"

"没有听说过。"

藤本医生点点头,觉得即便没有听说过也没关系。

"那是由天主教的全球性慈善团体出资的,希望在日本也能建设一家设备和欧美国家一样先进的医院。"

"太多事了吧,跟梵蒂冈一般的作风。"

"是的,的确是多事。天主教以为别的不信天主教的国家都很落后,所以这家医院和国内的医学界没有什么交集,建在渔港。"

"然后呢?"二哥有些嘲讽地笑了,"然后你想说什么?"

"对,那家医院的心脏外科是招牌。"

"藤本医生,等一下!"二哥看了一眼藤本的胸牌,直呼他的名字。他的表情很惊讶,但语气却非常严肃。

"'招牌'二字是什么意思?我很清楚,一家医院要经营起来很艰难,然而如果要拿心脏外科当招牌,岂不是要和大学医院有同样的设备?"

"您说得对。"

"我从未听说渔港那边有那么大的医院。"

"这是真的。"

"你亲自去过吗?"

藤本忽而有些飘忽地说:"还没有,不过我一直很想去看看。"

二哥把手中的资料摔在桌面上,说:"麻烦你注意一下,你以为我只是一个乡下医大毕业的耳鼻喉科医生,你就可以这么忽悠我吗?尽管我没有你们那么华丽的履历,但我也知道这种手术是怎么回事。现在我家人全都在这里,我不想把话说得那么消极。"

二哥拿起 X 光片,质问藤本:

"你看,我母亲这三处地方已经快不行了。这样的心脏,还怎么动手术?难不成一次接三根血管吗?我母亲本来心脏就不好,还有糖尿病和肾功能衰退的毛病,春名教授都不敢动手术不是吗?既然连权威教授都不敢动手术,你居然想要把她推给一个渔港的什么医院,你是想要杀人吗?"

大哥动了动身子,稳重地说:"行了,秀男,你说的我们已经知道,我想听藤本医生接着说。"

得到了微弱的肯定后,藤本医生抬起头来。在二哥的压力下,他思考着该如何往下说。

安男说:"关系到我们母亲的生命,有什么您就直接讲吧。二哥,请你先别说话。"

"知道了知道了,你说吧。"二哥摊开手。

"那我试着说个方案给各位参考一下。因为圣马克斯医院具备手术需要的最新最好的设备,而且那里有非常出色的医生,说不定是日本的第一把刀。"

"开什么玩笑?第一把刀应该在这个医院!"

姐姐忍不住开口阻止二哥道:"行了,秀男,闭上嘴!"

藤本医生接着说:"那边有个医生,姓曾我的,一年进行了一百五十例冠状动脉绕道手术。"

二哥抬起头说:"一百五十次,怎么可能?"

"是啊,据说有来自全国各地的患者,还有慕名而来的国外的患者。"

"我不知道这个姓曾我的医生多出名,但是,他一年到头不用放假吗?中元节和春节不用休息吗?"

"是的,按常理来说,是不太可能的,但这的确是事实。"

"我不相信!这种超人都做不到的事,他怎么可能会做得到?"

"那家医院和外界一直没有联系,所以我不知道那是谁,听说曾我医生一直待在国外。"

二哥看着窗外的阳光,双手抱在胸前,自言自语地说:

"这样啊,真有这么一回事。看来春名教授是知道了这个曾我医生的实力,不过碍于自己心外科第一把交椅的地位,不好直说。"

"是的,就是这样。"

"所以,他才让你来私下告诉我们,对吧?原来如此。"

"对。所以各位不要误会,我们医院没有想要推卸责任。作为一个专业的医生,教授做了正确的判断,而且照顾患者也是我们本来的职责。不过,站在医生的立场,我们还是希望可以有其他的方法救治你们的母亲。"

"那你们会写介绍信吗?"二哥总算说了一句有意义的话。

"会!而且,春名教授会亲笔给你写介绍信。但是曾我医生和医学界没有接触,所以素不相识,但毕竟也是同门。"

"同门……他也是东大毕业的?"

"是的,具体情况我不太了解,不过据说他们是相差十岁的师兄弟。"

"哦……"

二哥感慨地点了点头。藤本医生把话说完后,也感到一身轻松。

"就是这样。"

"明白了,那就这样吧。"

两个医生交换了眼神后,又默契地移开。

大哥又看了一眼手表。

"这就是传说中的'死马当活马医'了?"

大哥说完这句话,藤本医生向大伙儿打了个招呼,走出去了。

## 第六章 一百英里

## 01

"安啊……"母亲用手摸了摸安男。

他在病床上抬起眼来。

安男原本只是想看看母亲,没想到,他看着看着,居然睡过去了。他起来想要坐在椅子上,才发现自己的膝盖一阵疼痛。

"我睡着了。"

"是啊,你睡得很死。怎么了,你工作很忙、很累吗?"

"不会,一点儿都不忙,跟以前一样舒服。"

"那也好。任何事情都不可能两全其美的,要么有钱没空,要么有空没钱。"

母亲闭上了眼睛。安男靠近她的时候,可以清晰地听见导管输送氧气到她鼻子里的声音。

他一想到这一根根导管承载着母亲的生命,就会觉得哥哥和医生今天在会议室里的谈话如同做梦一样不真实。

"你还说梦话了。"

"我说什么了?"

"你就一直喊'妈,妈'。"

"别说了。"

"你的哥哥姐姐们呢?"

"刚刚大伙儿都过来看你了,来了好一会儿,不过见你睡得很熟,他们就先回去了。"

"真的吗?那太遗憾了,好不容易才见一面。"

安男说谎了。其实哥哥姐姐们不过是进来看了一眼,前后不到两分钟,他们就匆匆忙忙地走了。

姐姐提议叫安男一起吃饭,不过他根本没有吃饭的心情。既然来到医院了,他就想多陪陪母亲,而且他也不想和他们在饭桌上讨论关于母亲生命的事情。

"那这里交给你啦!"

说完这句话,他们就麻利地逃出了病房。

"母亲,我想跟你说……"安男话到嘴边又犹豫了。

要不要说呢?被哥哥姐姐知道了,他估计得挨骂。但是与其到时候从医生的嘴里获知,不如现在说出来,让她有个心理准备吧。

"怎么了?"

"刚刚医生和我们说……"

母亲微微睁开了眼睛,对着天花板发呆了一会儿,忽而下定决心一般,说:"他们说我已经不行了吗?"

"不是,不是。"

"那你直接说啊,你知道,母亲最怕人撒谎的。"

安男叹了一口气,为什么自己不能像母亲一样有勇气呢?

"他说千叶那边有一家很好的医院。"

母亲用力闭上了眼睛:"这就是我快死了,对吧。"

"不是的,医生说那里的医院有个很出色的医生,他是春名教授的学弟。"

母亲这么聪明,早就猜到了安男欲言又止的原因,所以才会什么都不说,只是轻轻摇了摇头。

"算啦,我害怕。你和大家说一下,我都七十岁了,活够了,没关系了。"

"不行的,不够。"安男犹豫了一下,开口说。

"真的够了,我比你们父亲多活了四十年呢!"

母亲一提起安男从来没有见过的父亲,他就忍不住泪流满面。她一个人那么辛苦把四个孩子拉扯大,现在却已经垂垂老矣。

"妈……"

母亲别过脸去。

"我不知道哥哥他们会和你说什么，但我希望，你可以听我说。"

母亲没有说话，只有一旁的仪器发出让人不适的声音。

"这是我这辈子唯一的请求了！您到那边去动手术吧！"

"唯一的请求，这种话，我已经听烦了。"

虽然他知道母亲只是想推脱，但这样的话确实把安男伤害了。当初他的公司陷入财务危机时，安男总是把"唯一的请求"这句话挂在嘴边，为的是让母亲一次又一次地拿钱帮他。

"我不想就那样死在手术台上。"

"可是你现在这样躺在这里，不也一样吗？"

"我宁可在这里等死。"

安男觉得或许是自己不会表达，慌乱又笨拙的他已经想不出其他说辞了。

"况且，如果到那种听都没听说过的医院做手术，到时候你父亲都不知道该去哪儿接我，还是这里比较好吧。"

"妈，我求求你了！"安男握住母亲的手说，"我什么都愿意做的，虽然我无法将心脏给你，但是不管是肾脏还是血液，我都可以给你，我愿意把一切都还给你。"

"那你倒是把钱还我啊……"

"妈……"母亲的玩笑开得有些沉重,安男咬牙说,"妈,求你了,你多活个五年十年吧,到时候我翻身了,就可以把钱还你了。"

好一阵子,母亲只是盯着窗外发呆,然后才慢慢转过头来。她的眼角有清晰的泪痕,但嘴边依然浮起微笑。

"你的哥哥们一定不同意吧?"

"没有,他们都希望母亲长命百岁。"

"才不是,"母亲无力地说,"我知道的,会这么想的只有你一个人。你的哥哥姐姐们都过得很好,虽然他们不会厌弃我,但也不需要我了。"

"那是什么意思?"

"你还不懂?"

"我不明白。"

"如果母亲不在了,他们就可以把小时候的艰难困苦完全忘记了。其实并不是他们无情,这是人之常情。你的哥哥姐姐们都很努力,也很出色。我觉得,他们的身边一定都是一些从小就过得好的朋友,所以他们会觉得,能把母亲忘记也不错。就连他们童年发生过的事,他们也会一并忘记。"

"这样太没人情味儿了,我不要这样。"

"是吗？你以前不也这样的吗？"

或许吧。应该说，确实是这样。安男生意成功的时候，完全没想过自己还住在石神井的母亲，以及过去发生的事。就好像，一旦忘记伤口的存在，就不会痛了一般。

## 02

他回忆起另一件不愉快的事。

那时候经济不景气，他的公司已经面临倒闭了，哥哥姐姐们对他不管不顾，不仅不想和他扯上任何关系，还对他正在面临的，却是他们要努力忘记的艰难困苦视而不见。

"安男……"

安男靠近了母亲一点儿，闻到了她口腔里弥漫着的药味儿。

"安男，我就再答应你一次这辈子'唯一的请求'吧。"

安男满心的感激，却开不了口，只能拼命点头。

"不过，我有一个条件。"

"你说，什么条件我都答应！"

"我怕我可能会死,你要一直这样握着我的手,直到我断气。"

"没问题。"

"答应我哦,不管是救护车、病房中还是手术台上,如果你可以帮我说服那边的医生同意你这么做,那我也愿意为了你试试看。"

"好的,我答应你。"

"不可以说假话哦。"

夏日温暖的阳光充盈着整个门诊区。原本流着泪的安男此刻笑了出来。

时间不早了,是时候该回公司了。

"母亲,我得先走了,我去和藤本医生打个招呼。"

"好的,你顺便把英子小姐送来的那些花拿走吧,这么看着,我觉得怪无奈的。"

安男看了看放在母亲床边的玫瑰,花开正艳。

母亲忽然说了一句话:"你的哥哥姐姐们其实很快就走了,对吧,他们是不是连看到我都觉得难受?"

"妈,你刚刚没睡着?"

"不是啦。"

母亲躲开了安男的眼神,举起了打着点滴的手臂,费劲地挥了挥手。

藤本医生站在护理站的桌子前面,翻阅着母亲的资料。

安男看着他的脸,觉得他很像神经质的临床内科医生。尽管他已经说服母亲动手术了,但依然忐忑不安,因为他对藤本医生所说的方案没有信心。

藤本留意到安男了,环视了一下四周走了出来。

"我已经和我母亲提了我们刚才商量的事情。"

"这样啊。"

这时候,晚餐推车从电梯里上来了,护理站也开始热闹了起来。

"我们出去走一下?"藤本拉了安男一把,他们在门诊区的走廊上走着。

"然后呢?"

"她说她愿意试试看。"

"这样啊。"

藤本医生听了,瞬间放慢了步伐,他把手插入白大褂的口袋里,叹了一口气。

"城所先生,你知道吗,其实我刚刚说的时候,还考虑了很久。"

"您指那件事?"

"尽管我觉得去鸭浦做手术是正确的选择,不过我还是……"

"什么意思？"

事情已经发展到这个地步了，难道他还有什么要补充吗？

两人此时同时停下了脚步。

藤本示意安男走到玻璃窗边。橙红色的夕阳映照在藤本厚厚的镜片上，看着像是十分不祥的颜色。

"说到底，春名教授是以外科医生的身份下的判断，而我是内科医生，和他的想法是有些不一样的。"

"那为什么刚刚你不说？"

安男明白藤本是个诚恳的人，但是他却对藤本这种犹疑不定的态度感到有些生气。

"刚才我不过是传达了春名教授的话，而且，你们根本也没有给我说话的空间啊。"

"不对，藤本医生，你刚才不是说这是最合适的方法了吗？你这算什么意思，双重人格发作了？"

"你要明白，医生本来就是这样的。这里是大学医院，我的意见不能与教授的权威相悖。你如果要因此认为我是双重人格，那我也没有办法。"

这种说法要是出现在不动产界，肯定会立马被推翻的。

"那您的意思是,您不同意做手术?"

"对,的确是这样。外科的情况我不清楚,也没有办法确定那边医院和医生的实力。但是站在我内科的角度,您的母亲确实是不适合做这个手术的。"

"天啊!糟了,这样的话,岂不是回到原点了?"

"不会的,我还是会把资料传到圣马克斯医院。而且,我们在这边会尽量照顾您母亲,改善她的病情。实在不行,我们再考虑其他方案。还有一个问题……"藤本医生说到一半,对着经过的前辈医生鞠了一躬,又接着说,"还有一个问题。圣马克斯不管判断怎么样,一定会先把患者收了。毕竟是春名教授介绍过去的患者,他们不可能一下子拒绝的。就算他们看了资料觉得无法动手术,也还是会让患者转过去接受检查,然后再决定。"

"这有什么意义?白折腾一遭?"

"对啊,我就是想这事情是有这样的可能的。转院有一定的风险,运送、检查也一样。单单是这样换个环境,患者的心脏都要承受很大的负担。"

"那真的挺危险啊,我母亲的病情都这么严重了。"

"大约再过一周,你母亲的情况就会有所改善。不过圣马克斯医院距离这里有一百六十公里,前面一段是高速公路，但是后面就要经过房总半岛山脉了。也就是说，要经过母亲牧场、养老溪谷，路途非常遥远。"

"一百六十公里？那我要怎样把我母亲送过去？"

"如果为了节省时间，应该要用直升机。"

"直升机？这怎么可能？我母亲从来没有坐过飞机，况且她怕高，她还怕速度太快的交通工具，之前她和我的孩子一起去游乐园坐过山车，当时心脏病就犯了。"

"这样……那还是算了。心脏病患者最大的忌讳本来就是心理压力。既然这样，那就只能用救护车了。"

"人命关天，麻烦您了。"

"不过消防署受每个地方政府管辖，按照规定，他们是不能把患者送到千叶县的。"

"骗人！"

"听上去是没有道理的话，但这是真的。我在多摩川旁边的川崎医院工作过，就连多摩川对面的救护车都不能把患者送到我们医院。不管路途多遥远，他们都会送到东京内的医院。它就是这么规定的。况且从这里到千叶要一百六十公里，听都没听过。不过，我会再去打听看看的。"

夕阳正红，可安男只觉得，母亲的生命在一点点地消逝。

"还有一个办法,就是民间的急救服务。这种公司数量不多,不过很贵。"

"钱的话……"

安男很想说"钱的问题不必操心",但是话说到一半又咽回去了,因为那只能是他两年前的对白。就算现在的费用不高,自己也拿不出来。

但是,他转念一想,哥哥们总会负担费用的吧。

安男因为自己的窘迫感到愧疚。

"大概要十万。护理站那边好像有宣传单,等会儿我过去看一下。"

这时,广播站在呼唤藤本医生。

"我得过去了,不过我们还没说完呢,这可怎么办才好?"

安男下定了决心。就算不转院,一直住这里,母亲迟早也是会去世的。况且他再也不想让这个优柔寡断的藤本医生为她诊治了。

"请把我母亲送到圣马克斯吧。"

"好的。"藤本看着夕阳,又叹了一口气。

"那你们其他家属的意见呢?"

"这个我去说服吧,虽然我现在还没什么把握,不过我会说服他们的。"

"圣马克斯很远噢。"

"麻烦您了,请一定要尽力改善我母亲的情况,让她的心脏能够支撑这一百六十公里的路途。"

他觉得自己这样说很过分,说完以后,深深低下了头。

过了一会儿,藤本把手放在安男的肩膀上,凑到耳边对他说:"一百六十公里,我明白了。"

"谢谢你了。"

"其实……"藤本医生顿了顿说,"我上个月,亲手把自己的母亲杀了。她也是一样的情况,狭心症。我在考虑要不要手术的时候,她便因为心肌梗塞走了。我是内科医生,对于外科始终不太相信,希望能够凭借自己的力量救她,结果拖了很长时间。"

"藤本医生!"走廊那头的护士叫他。

安男听了,心想,藤本现在是在以什么心情救自己的母亲呢?当他听到春名教授的判断时,他还要阐述自己的看法,还要把这一切转告给我们家属几个——说这些的时候,他心里在想什么呢?

"因为我没有那个胆识,所以无法当外科医生。不过,作为一个内科医生,我可以跟您保证,给您的母亲一颗支撑一百英里的心脏。"

"一百英里?"

"嗯,确切来说,也就是一百六十公里。我先过去了。"

藤本医生先离开了。

听上去,一百英里好像比一百六十公里短多了。

安男忽然信心暴增。

去往天国的一百英里。

"在路上,我一定要紧紧握住母亲的手!"

# 第七章　因为爱你,所以愿你幸福

## 01

"安男,即便如此,你哥哥他们的做法也不对。"

茉莉把她酒红色的头发松开,对着镜子里头她那圆鼓鼓的脸说道。这天晚上凌晨一点不到茉莉就回到家了,而且也没喝什么酒。可想而知,她一整个晚上都在担心安男。

在茉莉对着镜子卸妆的时候,安男与她说了今天发生的事。茉莉听了很生气,但是她的火气也无处发泄。

"他们是明哲保身。"

"明哲保身?"

"就是不想让自己的利益受到损害。他们都已经出人头地了,不希望今时今日的身份受到破坏。"

"那你呢?难道他们只需要出钱,其他所有事情都由你来出力吗?这样未免太过分了,况且,你母亲身边也需要有人看护吧?"

"不行,人命关天。反正我在公司也起不到什么作用,我去和社长请假吧。"

即便这样,哥哥姐姐们的反应还是太一致了。大概他们在离开医院的饭桌上达成了共识,安男后来与他们通话时,听到的仿佛是同一通说辞——

"钱的事就交给我们了,你只管和母亲一起转院就可以。"

"你和公司请假吧!钱的事不用担心,要多少,你告诉我们就可以了。"

"我还是会抽空去看望母亲的,不过你知道,我确实太忙了,抽不出时间。"

"民间有急救服务公司对吧?那可以啊,用这个方法吧!十万块钱而已,人命关天,我们几个不会不肯掏钱的。"

电话的那头,哥哥姐姐的回答如出一辙。

看来,母亲真是他们肚子里的蛔虫。她什么都知道。

"有钱就了不起啊!"

茉莉从凳子上转过头来看他,她把头发高高盘起,显得原本就大的脸活脱脱成了一个气球的模样。越是向安男靠近,她的脸就显得越大,是一种很奇怪的样子。

"不过，没钱确实也挺烦的。"

"与其这么冷酷无情，还不如没钱的好呢！"

安男喝着啤酒，抽着烟。此刻，房间里的老旧空调发出一声声噪音。

"你听他们这么说，怎么就一点儿都不生气啊？"

安男抬头看了看天花板，心想，这个房间好舒服啊！大约是因为自己那个公寓太狭窄吧。两年前，即便是住豪宅，他也未曾感受过这般舒适安宁。如今待在这个老公寓的房间里，他却好像回到了母亲的子宫里一样，那么有安全感。

"安男。"

茉莉把安男手中的啤酒抢了过来，不停晃着他的肩膀，同时大口大口地喝着啤酒。

"啊，舒服！不对，安男，你接下来打算怎么办？难道你真的要听你哥哥姐姐们的安排吗？我不希望这样。"

"这和你希不希望没关系吧。"

"我不希望这样，我不希望他们就这么增添你的负担。"

"这也不算负担啦！那也是我的母亲。"

"可这不仅仅是照顾母亲而已啊，你想一下，你接下来可是要独自一人面对母亲的生死，你想过没有？"

茉莉的一字一句，掷地有声。安男不曾想过，她这样一个女人，竟然能把问题看透。

安男忽然无法直视茉莉的眼睛，他扭头看向外面的天空。公寓的对面是新都心的大厦。

他想把自己和哥哥姐姐通话后下的决心告诉茉莉。

"茉莉，其实我决定好了，我觉得，我也只能这么做了。"

"什么？"

"我不想再依靠他人的力量，我想一个人救母亲。"

茉莉好像听到了什么严重的事情，下意识地抱住了脑袋。

"你在说什么？"

"我出生后不久，我的父亲就在出差的路途上死了，他甚至都没来得及看我一眼。我母亲把我生下来，又独自一人把我拉扯大。所以，我也要独自一人为母亲做点儿什么。现在我不也活得好好的吗？母亲也一定可以的。"

"可是，安男，那样你会很辛苦的。"茉莉忽然像个孩子一样捂住了双眼，嘤嘤哭了起来。

"是的。既然我这样说了，那么你也不用帮我了。我要靠我一个人的力量。"

"那真的太辛苦了……"

"没事的，办法总会有的。"

安男决定把所有事情都说出来。即便现在只能死马当活马医，可是他觉得，只要把所有话都说出来，自然就会充满力量了。

"我不想用民间急救服务了。"

"什么意思？如果要十万，我还是有的。"

"不，我想自己开车送她去。"

"这怎么可能？况且，你现在也没有驾照吧。"

"我只是因为忘记去换证，所以才导致驾照失效罢了。万一中途被抓到，最多我就让巡逻车送母亲过去。反正，心诚则灵。"

"那你的车子哪里来？"

"我找社长借公司的车子。"

"那住院的费用呢？这么大的手术，说不定要花掉好几百万。"

"我会和医院商量的，医院应该不至于没有钱就不救治吧。况且，那个医院也不可能把我母亲医好。"

茉莉听了，抱着膝盖哭了起来。然后，她突然抬头走到厨房去，从冰箱里拿出了两罐啤酒。

她把啤酒用力地放在桌上，用高亢的声音说："安男，你很棒，我更爱你了，我眼光真好，你就是一个真正的男子汉！"

说罢,她打开了啤酒,顾不上溢出来的泡沫,把啤酒一把塞进安男的怀里。

"喝吧安男!四十岁,和命运决一胜负!"

"你觉得结果会怎样?"

"那还用说吗?一定会失败的啊!"

"大概全世界都会这么想吧。"

"不过我这么想可是有原因的。假如你成功了,那你差不多就会离开我了。不过我爱你啊,所以我还是希望你失败。"

"我不会离开你的。"

茉莉大口喝着啤酒,哈哈大笑道:"全世界的男人都曾这么说过。"

## |02|

那天晚上,安男和茉莉发生了关系。

茉莉的身体没有任何魅力,但是她可以满足男人的任性,她愿意全身心地伺候男人,让他们的身心都得到释放。

安男从来都不知道，原来一个女人的身体可以这样充满了爱。

每次和茉莉上床，安男都觉得自己是被爱的，茉莉可以消除他心中的孤独。不管他想要炙热还是冷静，茉莉都会用她那丰腴的身体深深温暖他的身体和心灵。因此，每次两个人温存以后，安男总会抱着茉莉安心入睡。其实，比起肉体关系来，安男更渴望这种拥抱带来的安全感。

"我刚刚都没留意到，你还带回来了这么漂亮的花……"

"是我母亲让我带走的，又不能放在公司，所以一路回来我都挺尴尬的。"

"难怪有被折到的痕迹。"

"可我总不能拿去丢掉吧！"安男倒吸了一口气。

茉莉有非常准的第六感，这也说明，她很爱自己吧。

"这么贴心啊！"茉莉躺在安男手臂上，感慨地说，"不过，我不是说你，我是说你太太很贴心。"

"没有啦，你想多了。"

"你不用说了，你讲一句话，我就全部了解了，大概是我有超能力吧。"

安男把花放在电话桌下面。红玫瑰在路灯的照耀下，隐隐散发着低调的光芒。

"哦，我看到了，原来如此啊。"

茉莉比画着超能力者的手势。

"看到什么?"

"是一个高高瘦瘦的,长得很漂亮的人。"

"不,她是很瘦,不过不高。"

"她烫了大卷发噢。"

"没有,她是短发。"

"她是开车去的医院。"

"嗯,这点可能是吧。"

他不曾记得自己有对茉莉提起过前妻,也许之前是提过她去看望独居的母亲吧,不过也是从其他话题说起的。

"她一定是个很温柔善良的人,因为你哥哥姐姐们不去医院,所以她代替大家去了。"

"和那个没关系吧,她和我母亲关系一直很好。"

"可还是很不简单啊,她们会聊什么啊?"

"估计就是闲聊吧。"

"不可能!我知道了,只要聊一聊小朋友就好啦,那是你母亲的孙子。"茉莉看着天花板发呆,随即把安男环绕着自己肚子的手推开了。

"太不公平了!"

"怎么了?"

"她给你生了两个孩子,住在大房子里,开着车,又美又瘦。"

"对不起呀。"安男向她道歉。

前妻能够住三居室的大房子，开着车，养育两个孩子，都是因为安男至今都对他们有求必应。可说到自己为什么能够支付他们的生活费，则是因为他一直都在茉莉那里吃软饭，依靠茉莉给自己零花钱。

茉莉就算知道这一切，也从来不会抱怨、不会妒忌，更不曾质问自己。

"对了，"黑夜里，茉莉的笑容像一朵花，"要不让你太太帮忙。她开车，你照顾母亲，这样可以吗？"

"茉莉……"

"怎么？"

"她已经不是我太太了，你别再说'我太太'这种话了。"

"安男，只有她去看过你的母亲吧，她叫什么名字？"

"英子。"

"只有你和英子小姐去看过你母亲，对吧？况且，有心要照顾她的，也只有你们俩，对吧？那么，即便你们已经不是夫妻了，还是可以一起出力啊！这没有什么奇怪的。然后，等你把你母亲治好了以后……"

安男拿嘴巴接住了茉莉还没有说完整的话。其实他心里很清楚,她想说的那句话,没有任何恶意。

"……把你母亲治好以后,你们就可以重归于好了。"

"茉莉,不要说这种话。"安男抱着茉莉的脖颈,有些生气地说。

"怎么能说出这种话呢?"

"因为我爱你啊,所以我希望你可以得到幸福。"

"就算我和她重归于好,也不会幸福的。"

"会啦,你们还有孩子,与我在一起,你才会不幸福。"

"不,很幸福。"

"那都是暂时的,因为你不可能会忘记你的孩子,所以也不会忘记他们的母亲。现在的生活怎么能算幸福呢?等你翻身了,你就会忘记我了。"

安男心想,这三十多年来,茉莉是怎么过的呢?和自己在一起的这两年,她心里又在想什么呢?

"花快要谢了。"

"那丢掉吧。"

茉莉按住了安男举起的手,说:"还没谢呢。"

在黑暗中,安男可见茉莉裸露的丰腴的身体。路灯照亮了她白皙的皮肤,茉莉通体雪白,没有一丝阴影。

眼前这个女人,安男其实对她一概不知。他也从来不想去了解她,大概是因为自己并不爱她吧。

茉莉拿起花来，转身对着安男笑："你看，还没凋谢呢。"

"把它丢了吧。"

"那怎么行，我要让它重生。"

接着，茉莉走进了厨房。

## 03

听到哗啦啦的水流声，安男想起了一个关于雪国的故事。

茉莉说，她的父母虽然和她住在同一屋檐下，但是却没有一点儿血缘关系。她的母亲嫁给她继父不久以后就死了，继父后来又找了现在的继母。她说话的语气平淡无奇，像是在说一个笑话，所以安男也就把它当一个笑话听。

或许，这段回忆如果不用开玩笑的语气说出来，就只能沉重地留在她的脑海中吧。

这么想来，茉莉表面上的开朗，背后可能隐藏着深深的哀愁。如果茉莉不去忘记这些让人痛苦的东西，那么她很难一路走到现在。也正因如此，茉莉心里没有任何自私、欲望、妒忌、算计或猜疑。

而她也总是用"温柔"这种方式来面对生活。

"茉莉，我能问你一个问题吗？"

"当然可以啊。"茉莉正在使用剪刀。

"你能告诉我你真名叫什么吗？"

"什么？我叫水岛茉莉啊。"

"胡说，谁不知道，你这是假名。"

"真的都知道？"

"当然。"

"那我只告诉你一个人噢，我可从来没有告诉过其他人。"

其实从来也没有人问过这个问题，这两年来，安男自己也从来没想过这个问题。

"佐藤茉莉子。"

当这个名字浮现于黑暗之中，他的胸口热热的。

"所以，还是茉莉？"

"对啊，'茉莉'这两个字没变。毕竟，这是我父亲母亲给我起的名字。"

茉莉对小时候还有零星的记忆，她还记得，小时候就已经去世了的父母，曾经这般叫过她。

她从小就没有被爱过，但是却一心一意地爱着别人。

"安男,我最爱你了,你一定要幸福哦。我真的真的很爱你呢,你身体的任何一个部分,从脑袋到脚掌,我都好喜欢。"

说完这段不太浪漫的情话,茉莉开始哼起了歌。她把那束玫瑰抱在胸前,站在路灯的光线下。

"哇,真的像变魔术一样!"茉莉笑了,"厉害吧,在花瓶里放入冰块,再用冰凉的水汽一喷,然后再稍微修剪一下,花儿就重燃啦!没问题的!安男和母亲都没问题的!"

那一刻,安男心里深信,那些抛弃茉莉的男人,最后真的可能都起死回生了。

## 第八章　英子

## 01

八月三十一日,是安男父亲的忌日。对于安男来说,这是一年当中最难过的日子,也是最特别的日子。

小时候,每年的八月底就要来临时,安男都会想,为什么四年一次的闰月不是八月呢?

一想到父亲,他就很难过。况且,八月底还是暑假的最后一天。暑期作业总是堆积如山,他怎么能不难过呢?

也不知道是命运的安排还是巧合,这天也是城所商产倒闭的日子。两年前的今天,安男那个曾经在泡沫经济时代一度运转良好的公司,最后因为不堪经济负荷,走向了结束。

今年的八月末就更让人难过了,不是因为那一天是父亲的忌日,也不是因为暑假作业或是公司倒闭,而是因为他今天要和前妻见面,而且要向她低头。

他和英子相约,在下班的路上——新宿碰面。

英子穿过夏日拥挤的人群,走到餐厅的二楼来。

尽管这两年来英子也吃了不少苦,但是她的美貌与气质依然分毫不减。不知道是不是自己的错觉,安男反而觉得她离婚后因为重获自由,比以前更美了。

"最近好吗?"

"还好,过得不怎么样,不过还能撑下去。"

英子环顾了一眼四周,似乎有点儿不太高兴。

"不如我们换个地方说话?"

"不必了。我时间不多,孩子们明天要上学了,我得回去看着他们写作业。"

英子一脸猜疑地看着安男。不过是拿个生活费而已,他们根本没必要约出来相见——

她大概已经猜到自己无计可施了吧!安男觉得,她有些纠结的嘴角和眯起来的双眼,无不在暗示着"我不可能答应你的要求"。

"我想让母亲动手术。"

英子扯了扯嘴角,说:"然后呢?"

"我需要一笔钱。"

沉默了一阵后,安男似乎猜到了英子的想法,她可能会说:"这应该是两码事吧,要是没有生活费,我会很烦的。"

然而英子却说了一句让安男出乎意料的话:"这样啊,那哥哥他们呢?"

"他们不同意手术。我说:'无论如何,我们都应该试一下。'他们说:'那就随便。'"

"'随便'是什么意思?"

"就是说,钱他们会出,但是我得负责这件事。"

英子闭上了眼睛思考。她的神情给人一种很灵巧的感觉。紧接着,她抽出一根香烟,用手指托住下巴,又沉思了一阵子。她是个聪明人,三言两语之间,大概就可以明白事情的来龙去脉。

"原来是这样,这很像你的作风。"

"你明白了?"

"那肯定啊,我跟你相处多少年了!"

英子点燃了手中的烟,看了一下安男,笑了出来。

"我也帮不上你什么忙,借三十万给你吧。"

"谢谢你,你们的生活应该没问题吧。"

"就一个月,总过得下去的。不过,下不为例噢。我当然不会让你下个月一并还给我,但是,你早点儿把钱补上，那就好了。"

这是安男唯一的请求。有这三十万，事情也比较好办。

"你真的会猜到我在想什么吗？"

"是啊，你真烦！"英子一边笑，一边抽烟。

"你一定在想，这点儿钱，根本不需要哥哥他们来凑，对吧？"

"是的。"

"你真的好笨，尽管我现在跟你已经不是夫妻了，这事情跟我也没关系了，但是你这样做的话，真的会很辛苦。"

"还行啦，也还好。"

安男一逞强，就会有点儿生自己的气。英子说得对，他就是个笨蛋，明明知道这样会累死自己，但还要固执地这样做。他的公司面临倒闭的时候，哥哥们的冷酷无情也是事实。英子陪着他去向哥哥们低头求助，却清楚记得哥哥嫂嫂露出一副瞧不起他们的嘴脸。

"这次他们终于肯出钱了，对吧？"

"不过我觉得也不是真心的，大家心里都有一把算盘。如果可以的话，他们很可能想不浪费一分钱就把事情搞定。"

"不至于吧?"

"真的,我和二哥通电话的时候,他说漏了嘴。"安男想起二哥冰冷如山的语气。

"他说什么了?"

"他说让我好好想想做不做这个手术,不管成功还是失败,花的钱一分都不会少。"

"他居然这样说话?不过,二哥本来也是这样的人吧!"

"我觉得他说的是他们几个的真心话,不过是他不小心说出口的。"

"我和你说……"英子把咖啡挪到唇边,看着窗外来来往往的年轻人,"那会儿,他们估计也是说好了的。"

"那会儿?"

安男有点儿明知故问,因为他心里希望英子把过去的事情忘记。

"少装傻了你!即便你忘了,我也不会忘。那根本就不是当不当保证人、借不借钱的事了,他们压根儿就希望我和你赶紧去死,让我们全家都去死。"

"过去的事就让它过去吧,我想起这些,真的很难受。"

"现在就是历史重演。"英子生气的时候,嘴唇会发颤。

安男心想，或许是吧！正因为英子和他们本来没有血缘关系，才可以这么客观冷静地去评论他们。哥哥们的行为就好像是在对生命垂危的母亲说："你去死吧。"

不过，他们表现得很平静。他们一边为自己制造不在场的证据，一边让她去死，和过去那时候一模一样。

"很抱歉，尽管我想帮忙，但是我现在做不了什么。我要是帮忙了，就会连我自己都不清楚自己什么身份了。所以，我做不了什么。"

英子低头道歉，撩了撩额前的发。

她是个坚强的女人。最后那几年，安男因为财务危机四处奔走，英子站在前线支撑着公司。离婚的时候也是。其实她不是看不起自己的丈夫，但是为了孩子，她只能果断地离开。换句话来说，与其当这个失败的男人的妻子，她不如选择当一个好母亲。

"我走了，我还得回去看孩子的作业。"

安男相信她，在这个高知分子的教育下，孩子们将来一定会出人头地。即便孩子们体内还流着他这个不成器的父亲的血，但随着时间的推移，这点儿血脉也会一点儿一点儿被稀释。所以，孩子们的将来一定不成问题。

两个人走出餐厅，朝着车站的方向走去。安男的手臂不小心碰到英子的肩膀，下意识地躲开。

他偷偷看了一眼英子的侧脸，觉得她还是和过去一样美丽。

## 02

"安……"走到红绿灯处的时候，英子像过去一样叫他，"以后，不用再给我们钱了。"

这句话听起来，并没有任何善意。安男明白这句话其实是诀别，所以就算眼前已经是绿灯，他也无法迈开腿。

"为什么不用？现在不是孩子们正需要用钱的时候吗？"

"反正就不用了。"英子说到一半咳嗽了起来。

她的表情让安男心中有数。可一想到这是真的，他的身体就忍不住僵硬了。

英子的表情似乎在告诉他，他们已经不需要他这个伤痕累累的野兽递上食物了，因为另一只英姿勃发的健康野兽会帮助他们。

安男觉得，有一股腐臭的风穿过了他的五脏六腑。

"我们再聊一下，我想问清楚。"

"就到这里吧，别的我不想多说了。"

安男在心中责怪英子的不识趣。为什么非要这个时候告诉自己呢？不能挑一个两个人喝了酒的时候，然后像开玩笑一样把话说出来吗？到时候，他也可以自然而然地把茉莉说出来，然后两个人一别两宽，这不是更好吗？如果他选择这个时候把这些话说出来，英子该会很难过吧？

安男想问的问题有很多，但在最后汇聚成一个："你们……会结婚吗？"

眼前的绿灯又变回了红灯，他们只剩最后三分钟的关系了。

"安，你真的很温柔。"

"你到底在说什么？"

"我没想过你会问我这个。"

"如果你们会结婚，会幸福，那我以后一句话也不说。"

"那孩子们呢？"

安男脑海里浮现孩子们的样子，画面中的他们依然是婴儿时期的样子。

"没关系的,他们幸福就好。"

安男把这句话说出口后,难受地弯下了身子。他觉得自己的胸膛被某种东西狠狠一击。于是,男人的坚强彻底破碎,化成了泪水。

"今天太热了。"为了掩饰,安男假装低头擦汗,费劲儿地挺起了胸膛。

英子动了动下巴,说:"我们不会结婚的。"

"什么意思?"

"因为他已经有家庭了。不过,他说他会照顾我和两个孩子的。"

"孩子们已经知道了?"

"他有时候会过来。"

"什么意思?算了,你别说了。"

"不用担心,我不会让孩子知道我们的关系。只是有时候天色已晚,他会开车送我回去,但是从来没有进过家门。"

"他多大年纪?"

刚问完,安男便觉得自己问了个多余的问题。

"这不重要吧。"

"重要啊!我在乎他的经济能力啊。"

英子有些不好意思,低声说:"他跟你一样大。"

她抿了抿嘴，觉得自己不该说那么多。

"这么年轻，没问题吗？"

"他经营着一家计算机软件公司，生意很好。我那时候看到他招人，就去应聘了。他问了我很多事情，很友善……我一不小心就说得有点儿多了。"

"行了。绿灯了。"

"……我们后来就陆续见了几次，他说他爱上我了，不过我也不知道该怎么办。"

"行了，赶紧走吧。"

"我把你的事情告诉他了，他说你一定很不容易，让我不要再跟你拿钱了，他会负担我和孩子的生活费。"

"这人也太无聊了，他怎么知道我辛不辛苦，他现在每个月拿三十万来包养你，你难道不知道？"

"他没有这样说啦！"

"那他有说要离婚，然后跟你在一起吗？"

英子低下了头。安男推了她一把。

"反正这个月当是我跟你借的。要是那个男人给你钱，你就什么都不要说，把钱收了就行了，先这样吧。"

英子没有回答，在人群中慢慢不见了。她在人群中漂泊，那样一张白皙的笑脸，在岁月中渐渐消逝。

安男背对着她，大步往前走。

# 第九章　不速之客

## 01

那天,安男不记得他是怎么回到公司的。

他如同行尸走肉一般走在新宿道上,然后去御苑前或四谷三丁目坐地铁。这一路,他都在思考他破裂的家庭。

条件好的时候,他的确挥金如土,但是他没有因为酒色把家庭摧毁。他知道自己很爱那个家,很爱他的妻子和孩子。

去公司的路上,他经过了很多贸易商的街道。他一边走一边想:难道过去那段日子就是一个梦吗?还有……那个和英子在一起的男人。

英子是个理智成熟的女人。他完全没有办法想象她和其他男人在一起的情况。离婚两年了,他从来没有想过这件事的到来。

他问自己,既然离婚了,为什么还会吃醋呢?他们既然已经分开,他自然没有评判的资格。如果说他对英子还有感情,那也有点儿太奇怪了。

或许只是雄性动物的占有欲在作祟吧!年轻力壮的新野兽霸占了没有男主人的巢穴,霸占了女主人,帮她养育孩子,并且可能会和女主人生育新的孩子。但是这个巢穴过去的男主人,却没有与之争霸的能力。

他看到公司招牌的时候,想起刚刚英子最让他心痛的那句话:"我不会让孩子知道我们的关系。只是有时候天色已晚,他会开车送我回去,但是从来没有进过家门。"

这是多么让人痛心的一件事情。

他们见面以后,如果时间比较晚了,男人会把英子送回去。那么,在把她送回去之前,大概会去汽车旅馆吧。先看好时间,把事情匆匆办好,然后让男人送自己回去。下车说再见的时候,他们会深情吻别吧。而且,这个男人还会仔细地爱护英子的身体。欢愉之余,她确实也比之前更美了。

## 02

中西独自一人站在公司门口,看出是安男的身影之后,赶紧凑了过去。

"你怎么这么晚？刚才传呼机响了你不知道吗？"

"知道，不过我想着我快到了……"安男话还没说完，心里突然升起了一种不祥的预感，"难道是医院来电？"

"什么医院？不是，是有个怪异的客人来找你。"

"客人？"

安男的心情才稍微平静了几秒钟，又突然一紧：难不成是以前那些债主跑上门了？

"是银行的分行经理，他亲自过来，事情可能不简单啊。公司的人告诉他你会回来，再找借口的话，也不妥当。"

中西很胆小，这点与他庞大的身躯实在不协调，他一边走一边擦拭额头上的汗水。

"今天已经是八月的最后一天了。事情要紧不？你不要给公司添什么麻烦啊，我也有我的难处。"

"我知道的，我不会给你添麻烦的。况且我早就破产了，要惹麻烦的话，也不该是现在啊。"

"也是，不过你还是得考虑一下其他人。对了，你刚刚说医院，你是身体不舒服吗？"

"不是我，是我母亲，她住院了。"

"这样啊，严重吗？"

"不算严重吧，就是轻微的心脏病。我姐姐和我嫂嫂会去帮忙照顾，我还是比较轻松的。我刚刚以为是她的事情，所以认为是医院打过来的。"

员工们正在准备下班，一脸冷漠地看着安男。公司的同事都在传，安男的债主上门来找他讨债了。

"行，你跟他去外面谈吧！"

两个人走楼梯的时候，安男突然问社长道："公司空着的那辆车，最近能借我用一下吗？"

"哦，可以啊，不过你不是驾照失效了吗？"

"我只是送个东西，虽然驾照失效了，但我还是会开车啦。"

"听上去有点儿危险。需要我帮你开吗？"

"没关系的，不过一天时间可能不够，我可能得请假几天，可以吗？"

安男说的话其实已经暗示着中西不要往下问了。他并不是为了和中西保持距离，只是他知道自己既然能开这个口，中西没有理由会拒绝，所以他不想和他解释太多。

## 03

"让您久等了。"

中西推开会客厅的门。

安男看到里面那个西装革履的男人的吃惊程度,不亚于他看到任何其他债主。

因为里面坐着的人是他姐夫,秋元。

"你好,安男,好久不见。"

他专程来公司找安男,然而却没有跟任何人说明他们的关系——或许他只是说彼此是朋友,不过秋元作为银行从业者,还是有一些戒备心的。

"优子告诉我你在这边工作,我刚好过来附近办事,所以想找你喝一杯。"

安男和他寒暄了一番,但内心依然忐忑不安:他到底来找自己干吗呢?

秋元是个很惹人讨厌的人。那时候,安男的公司即将倒闭,要是秋元和哥哥们一样冷漠对待、保持距离也就算了,但是他居然心血来潮地给安男打电话,然后净说些没有关系的废话。

"好的,我也快下班了,我们出去吧。社长,我明天再向你报告。"

没有等社长回答,安男就拉着秋元往外走了。

"姐夫,你过来干什么?公司的人都知道我的情况,你不把话说清楚的话,会让大家误会我的。"

"不好意思啊，我没办法跟他们明说我是你的姐夫。"

"为什么？"

"你自己想，他们也算是照顾你吧，这种情况下，银行职员不要和一般公司有私交比较好。"

"这家公司是老字号了，又没有贷款，没有什么问题。"

"我到附近的时候打给你了，他们说你很快就回来，让我在公司等，这样也不行？"

"那肯定啊！你得考虑一下我的立场吧？"

安男心想，为什么姐夫胖了这么多呢？而且自从他提拔分行经理后，模样更加尖酸刻薄了。

秋元拦了一辆出租车，没有咨询安男的意见，就和司机说："去银座。"

"姐夫，你现在的经济状况很好吗？"安男努力想要避开秋元身上浓郁的古龙香水味儿，用充满嘲讽的语气问。

"还行啦，过去你常常请我吃饭，现在该我报恩啦！"

"我对你还有恩？"

"对啊，多多少少吧。"

自己刚刚的话中带刺，姐夫也毫不客气。

事实上，这个男人欠自己很大的人情。他从前过得好的时候，只要姐夫开口，不管多少，他都帮他完成储蓄任务。为了完成他的考核目标，他甚至主动去他们银行申请贷款。

"老天爷真的不公平啊，姐夫，你还真行。"

"说什么瞎话！你确实帮了我很多忙，不过我同样也要承担不少风险啊！"

"所以我才说你厉害，做了那么多事，你们银行居然一点儿坏账也没有。"

"那不是正中你下怀吗？你过去说的，不想给家人添麻烦，让我把你的账转到其他银行。"

"那是因为你连支票本都不给我了，我把钱留在你们银行还有什么意思？况且就算是，你也不能用一句'这样啊'就把我敷衍了。我刚办完转移，资金就周转不过来了。没想到你倒好，演起了戏，'最佳男主角'不颁给你实在可惜。"

"你这话是在夸我还是在骂我？"

"都没有，就是挖苦你，可以吧？"

"债权银行想要脱手，就足以说明你那边只是迟早的问题。况且还有哪个银行愿意接收啊，谁让那些人事先不调查清楚啊。"

"姐夫，你那会儿不是信誓旦旦地说'没问题'吗？"

"我们也是做生意而已啊，你做生意的时候没有骗过一些厂商？"

"你那时候演那出戏是什么意思？在第一饭店里，我们和那家银行的分行经理还有融资负责人在一起，你还说什么'社长啊，您不要生气了，但是你们公司是一直以来公认的优良企业，看在我的分儿上，请继续跟我合作可以吗？麻烦你了'这样的话。"

"你不也一样在演戏吗？你说：'秋元经理啊，即便你这么说，这事情还是说不通的，0.5%的利息未免也太高了，我们又不是在做慈善，这怎么行呢？'"

"那场戏可真有用啊，他们一听到我们的对话，双眼发亮，直接就接受了六个亿的贷款。那可是六个亿啊！现在听起来，就像是合伙在忽悠人。"

"六个亿，有这么多？"

"你再装傻，我就要生气了。"

因为一直以来有金钱上的往来，秋元甚至比哥哥们更要了解安男的情况。

同样也是因为这个原因，他才会把安男的事私底下告诉安男的哥哥姐姐们，并且联合起来商量要怎么做，才可以跟他划清界限。

"安男……"秋元推了推他的金丝眼镜，口中吐出浓浓的烟草味，"那个，母亲的事……"

"这和你没什么关系吧？"

"不要这样说啊。我听你姐姐说,她不能动手术,是吧?你带母亲去做手术,会不会太危险了?"

"这不只是我姐的意思吧,大家都这么想的吧。"

看安男已经有些生气了,秋元赶紧安慰他道:"要到鸭浦去,很远的。"

"我知道很远。"

"按道理来说,这不太正常啊。"

"医生说,他会让母亲的心脏撑到鸭浦的。"

"哎呀,"秋元叹气说,"你知道从这里到鸭浦有多少公里吗?"

"一百英里左右吧。"

"一百英里?"

安男觉得,听上去,一百英里会让人感觉比较少。这也是好人觉得很近、坏人觉得很远的一百英里。天使挥一挥翅膀即可到达,但是恶魔不管费多大劲儿,都到不了。

"嗯……那是……"秋元在外套的口袋里掏出笔记本来。

"对了,圣马克斯医院那个医生是叫曾我真太郎吗?我用我们的银行系统搜了一遍,没搜到这个名字。"

"我才不相信你们的系统。再说了,他没有在你们那里开户的话,自然就搜不到啊。"

"至少可以说明他没有存款、没有资产。"

"那可是天主教的医院,难道医生就得像特蕾莎修女一样吗?没有钱的医生不能出名?"

"那资产至少是一个标准嘛。"

正是这句话,让安男非常生气。

"姐夫!"

"怎么?我这么说你不高兴?"

"当然不高兴!我不清楚你以前的生活状况怎么样,我们以前过得很不好,但不会像你这么卑劣。哥哥姐姐们有了钱就变堕落了,我也曾堕落过。如今我什么都没有了,就清醒了。然而,母亲却一直都很穷。无论你们怎么说,我这个穷鬼都会带着母亲这个穷鬼奔波一百英里,去找那个穷鬼医生治病。这有问题吗?"

"哎呀,安男……"

安男不希望他肮脏的恶魔之手触碰自己,于是往他脸上狠狠揍了一拳。

出租车猛地刹了一下车。

"你给我回去,告诉我姐还有我那两个哥哥,母亲的病,我不需要他们出一分钱。我不会忘记母亲对我的养育之恩,也不会忘记今天是什么日子。"

秋元颤颤巍巍地摸着自己发烫的脸,没好气地说:"今天不就是两年前你支票跳票的日子吗?"

安男听了顿时火冒三丈,一把揪住秋元的衣领,又往他鼻子上揍了一拳。

"是的,正是你这个浑蛋陷害我的日子!不仅如此,你回去好好和那些无情无义的家伙把话说清楚!"安男走下出租车,往地上吐了一口口水,"两年前的今天是我破产的日子,四十年前的今天是父亲去世的日子。我不会忘记,即便那些人已经忘了自己的过去,忘了自己是谁生谁养的,我也不会忘记!"

安男把话说完,大步向柑红色的街道走去。

他走出高速公路下的阴影后,夕阳把他整个瘦弱的身子包裹了起来。

他想到,说不定今晚英子会和那个男人上床,说不定,她还会用这件事来忘记两年前的今天。

安男下定了决心,要将这一百英里的路独自走下去。

他回过头看了看自己狭长的影子,在心底里暗暗发誓。

# 第十章 即使我是个怪人，
## 　　　　至少我还是个人

## 01

今天是个晴朗的日子,晴朗得让人忍不住期盼每一天都是这样的好天气。安男借了公司的车,去医院接母亲。

尽管已经入秋了,但没有西北风。即便有高速公路,但是一开始他们必须穿过房总半岛的山路。医院那边说了,即使顺利,这一路大约也要花费四个小时。

也就是说,即便他们在九点从医院办完出院手续然后立刻出发,也要等到下午一点才能抵达。

大学医院的态度很冷漠,大概这个计划已经在医院里面传开了。尽管大家表面上还是会说一些"加油"之类的客套话,但估计一转身便会投以冷漠的目光。这些闲言碎语,难道是自己的错觉?

"听说没有,十七号病房的城所女士要转院了,居然要转去千叶的一个乡下医院做冠状动脉绕道手术。"

"不会吧？这不是相当于自杀吗？她即便是安安静静在病房里躺着，每天都会痛苦地呻吟，这是何必啊？"

"春名教授都没有办法动的手术，还要去那种乡下医院？看来家属真的是死马当活马医了。"

"根本是不适合动手术的，你说他儿子是孝顺还是不孝啊？"

"要是对方医院做不了手术，他该怎么办？"

"那……他只能等那个了吧？况且，先不说这个，她这个身体情况能不能支撑到那边都难说，因为他们连救护车都不打算用，就自己开一辆厢型车送过去。"

"什么？真是阿弥陀佛……"

安男想，这一定不是自己的错觉，护士和其他病人都是这么说的。

母亲在睡衣外面套了一件不适合这个季节的背心棉袄，自己从病床上爬起来。她表情轻松而积极，和前几天的状态完全不同，这给了安男很多信心。

"这件背心是英子小姐昨晚送过来的，还不错吧？这还不是成衣哦，你看这边还有漂亮的手缝线。唉，上哪儿去找这么好的儿媳妇啊！"

"妈，她已经不是你的儿媳了。"安男想也没想就回答她。

"也对哦,不好意思,我老是说一些奇怪的话。"

"我无所谓。她确实是个好儿媳。你明明还有一个女儿和两个儿媳,可她们却完全不管你。妈,你的行李就这些?"

"是啊,这些也是英子小姐帮我收拾的。她还不停地和我道歉,说本来想和你一起送我的。"

"她太多管闲事了。"

安男有些恼怒。他心想,估计英子内心也很怅惘,她亲手为母亲做棉袄,为转院的事情忙前忙后,这么诚心诚意的,却没有跟他们一起去鸭浦。她也从不在母亲面前和安男见面,这的确是这个女人一向的风格。

"英子肯定是对我还有感情,想当年,我让她过上了多优渥的生活啊!"

"你就是个笨蛋!"

原本笑意盈盈的母亲脸上忽然没了表情,因为母亲看出了安男死要面子的固执。

"对啊,我可不就是笨蛋吗?也不是这一天两天才笨的了,可是,妈……"

英子也是一个笨蛋,她居然和一个有家室的男人在一起了。

安男费了很大劲，才把这句已经到嘴边的话收了回去。

"早上好，您今天脸色很棒呢。"藤本医生热情地一边打招呼一边走进病房。

"早上好，谢谢您的照顾，从昨天开始我就觉得舒服多了，这样去兜风肯定没有问题。"

"那还是不行，出发前您还是躺着比较好。"

藤本医生帮母亲把腰部撑住，让她可以轻松躺在床上。接着，他和安男说："有几个事情我想和您说一下，方便借一步说话吗？"

藤本将视线从母亲身上移开，脸色突然沉重了不少。安男随着他走出病房，走到走廊的尾部，藤本开口说："城所先生，您要让她一路保持愉快的心情，而且，您可千万不能与她闹矛盾。"

"你刚才都听见了？"

"我不是故意要听到的。我刚走进病房，就听到你们说笨蛋啊什么的，所以我有点儿担心。"

"没有啦，我们没有说什么重要的话。"

"不行。您听我说，您母亲的身体状况并不太好，而心脏病最大的敌人就是心理压力。反正，您要保持她的血压稳定。"

安男想起之前他告诉藤本决定带母亲去做手术时，藤本说过这样一句话："因为我没有那个胆识,所以无法当外科医生。不过我作为一个内科医生,可以跟你保证给您母亲一颗一百英里的心脏。"

或许藤本在这几天时间里已经花大力气暂时性改善了母亲的状况——他给了他们一颗可以支撑一百英里路程的心脏。

"城所先生……"藤本放慢了脚步,把手插进白大褂的口袋里,"你知道吗,护士们看到你那辆车,都吓坏了。"

"很抱歉。"

"不过我没有这么想。"

"嗯?"

"我觉得你们一定会顺利到达的,一定会。"

安男听了,并没有觉得很开心。他在想,难道只有他一个人对这件事有信心吗?

"一定能顺利到达吗?我觉得,还是得看运气吧。"

"是得看运气,而且这回赌得很大。不过,你一定会赢的。我刚刚看到你那辆车,我就知道你一定会赢的。"

"为什么?我不过是没有钱请救护车而已。"

"坦白告诉您,如果是救护车的话,估计没办法把您母亲送到。其实我没有办法跟您保证她的心脏一定能够撑过这段路程。本来我还想说,今天再看到你的时候,会再让您重新考虑一下转院的事情。"

忽然，安男脊背有点儿发凉，这让他迈不开脚步。

"所以，你到底是什么意思？"

"您这辆车，应该开了很长时间了吧，噪音一定不小，避震性能应该也很差了。但它不是救护车，所以遇到红灯还要停下来，说不定路上还会遇到堵车的情况。我看您在车厢的后座铺好了被子、席子和床单，还给窗户贴了胶带用来防风。这一切，都让人觉得你很有信心。所以，您的母亲一定可以安全抵达圣马克斯医院的。"

那一刻，安男明白了藤本说的话是什么意思。

名医大概就是这样吧，要治好一个人，不能单依靠药物和手术。

"医生能说这样的话吗？"

"我保证没问题的，我非常有信心。"

其实安男知道藤本根本无力保证什么，他不过是在鼓励自己。

"我原本打算至少派一个护士陪着你们过去，不过医院现在人手紧缺，我也没有权力……"

"不要紧的，我自己就可以了。最后，我有一个请求，您可以答应我吗？"

"什么请求？"

安男努力控制情绪,果断地说:"如果我们到圣马克斯医院以后,那边还是觉得没办法手术,我就只好把我母亲送回来,到时候,还得麻烦您了……"

藤本低下头来双手抓住安男的肩膀,叹了一口气。安男觉得,藤本就是用这样一双手,给了他们一颗足以支撑一百英里的心脏。想到这里,安男忍不住泪流满面。

"如果真的是这样,我会过去接你们回来,我一定会亲自去的,而且不会把您母亲交给其他医生。不过,曾我医生一定会帮她做手术的。"

藤本医生的手臂搭着安男的肩膀,他们开始往前面走。

"关于这个医生,我搜集到了不少信息。他真的很厉害,做过很多让人难以置信的手术。因为他常年在美国,所以日本人对他的情况了解不多。不过我查资料以后,发现他的手术经验多得让人不可思议,这在医学界根本就是一个奇迹啊。"

听了藤本的描述,安男脑海中有了这么一个印象:在一个乡下医院,有一个一年内进行了超过一百五十次冠状动脉绕道手术的留美外科医生,他身材高大,表情干练,拥有着超强的技术和毅力,是一名虔诚的天主教徒。他四十岁左右,是春名教授相差十届的师弟。现在,全日本心外科最有权威的医生——春名教授都要佩服他,春名教授觉得这个人的技术比自己高,他做不了的手术,这个人依然有办法。

"一定没问题的,曾我医生一定会帮您母亲做手术的。"

藤本医生厚厚镜片底下的眼睛散发着希冀的光辉。他又一次把医生最忌讳的肯定句挂在了嘴边。

把出院的手续办完后,安男几乎花光了兜里的钱。

他不知道原来住院要花这么多钱。可能是因为他从来没有生过什么大病,没上过医院,顶多是在一些诊所看过医生,每次挂号费加一些医药费最多就几百元,所以误以为看医生不怎么花钱。

原本用来支付英子母子三人生活费的钱,现在几乎一分不差地花光了。前台的小姐告诉他,这么高的医药费,会在下个月退还给他六成左右。不过对于安男此刻而言,他无法预料下个月的事。

这关乎生命的一百英里,在还没启程之前,就出现了一个重大的危机。尽管他知道,母亲是还有一点儿积蓄的。不过这个时候如果开口谈这个,他怕会给母亲带来压力。

安男在公共电话亭前面徘徊。哥哥们、英子、茉莉,还有公司——这些地方或许都可以暂时给他提供资金,但是他却不想打给他们。

最后,他给野田律师打了一通电话。

## 02

"你想怎么样？城所先生，一大早的，不要说一些奇奇怪怪的话，好吗？"

安男还没来得及开口，被他这么一说，突然就有些退缩了。想要把整件事说清楚，看来很有难度。

"我有件事想找你商量。"

安男安慰自己，如今他不是在和律师交谈，而是在和自己的高中同学交流。

"是这样的，我母亲要转到千叶的医院，我没料到医药费要这么多。但是我现在已经付清了，就是想找你借点儿油费，毕竟我现在去你那儿，要比去我哥哥那儿顺路。"

野田语气很差，没好气地说："所以你现在找你的客户借点儿零钱？"

尽管他往日得到了野田很多帮助，但是印象中，他还从未和他借过钱。他心想，野田这家伙是不是和那帮债权人一伙的。

"不是，我母亲还有一点儿积蓄的，但是我不想让她这么担心……"

安男一边说一边翻着自己的口袋,最后掏出了两千块,还有几个硬币——这就是目前他所有能够支配的钱了。想起两年前他还有好几亿现金随便花,现在仅剩这么点儿钱——居然被逼到了这个程度,他心里太难受了。

"拜托你了,野田,能不能借我三万,不……一万,可以吗?"

安男向公共电话不停地鞠躬,为了生死攸关的这点儿油费,一个大男人必须得向现实低头了。如果他以后把这件事告诉别人,大概也没有人会相信吧。

"你是笨蛋吗?如果要顺路的话,你应该顺路回公司找中西借!"

"野田……野田……"

电话被野田挂了。

安男犹豫了一下,手指拨着公司的电话号码。如果这个时候他还要去求助中西、茉莉或者英子,要是大家都变得和他一样惨,还不如死了算了。

死了算了吧。

这不是什么怄气话。在那一刻,安男确实是连死的心都有了——索性跟母亲一块儿死了算了!

这个想法,想想还真不错。至少以后两个孩子不会知道父亲是因为没有钱自杀的,他们或许会把这个事解释得很好，或许会觉得，奶奶病重，父亲决定和她一起赴死。

他重重地闭上双眼，脑海中浮现出双胞胎孩子的模样。

他们会怎么叫那个男人？在家庭陷入窘境的情况下长大的孩子，应该会想方设法去讨那个男人的欢心，会对他撒娇，会说一些让他开心的话。而事实是，他们的父亲这个月没有能力给他们支付生活费，他们得依靠这个男人给的钱去生活。

想到这里，安男觉得，我绝对不能死。

## 03

他的手指不自觉地在电话键盘上游离，连安男自己都很纳闷儿，自己居然会打给片山。

片山是与他相熟的融资公司社长。

"社长，怎么了？都月初了你还没有消息，我打到你公司去，他们又说你在休假，我以为你要跑路了呢。你到底在做什么？"

片山还和以前一样管他叫"社长"。公司破产的时候，他承担了安男的那些高利贷，即使他已宣告破产，他依然欠着片山三百万。对于这个情况,野田律师也是了解的。

"我们之前已经约好了,本金可以暂时不还,但是得先付利息吧。我手上没那么多钱啊,还得去和那些出资的人一个个解释。"

"对不起,我这边出现了一些状况。"

"什么情况,有人找上门了?你跟他们说,让他们来找我就好了,你说银座的片山会处理的,只要报上我的名字,东京的流氓还是不敢怎样的。"

"不是这个,片山,我现在连死的心都有了。"

"你怎么说这个呢?"片山哈哈大笑,然后又严肃地说,"社长,你可别真的想这些乱七八糟的事,最窘迫的时候已经过去了,你要振作起来!"

或许是很多人借了高利贷最后都会选择自杀吧。片山听了,态度认真地劝解他。

安男压低了声音,对他说:"你可以借我一点儿钱吗?"

说完这句话后,安男的心都快跳出来了。

片山干咳了几声,说了一句让他意想不到的话:"你要多少?"

安男心想,片山刚刚是联想到什么了吗?是不是自己的话,让片山觉得可能关乎他的生命安全?

"所以,你肯借给我?"

"我刚刚不是说了吗?你要多少?"

"你连原因都没有问……"

"你个浑蛋!"片山着急地说,"我现在问原因还有什么意义?"

"借我一万吧,我有钱马上给你,我现在得去加油。"

"什么?就一万?你现在可不像是到了没钱加油的时候啊。"

"一个小时左右,我就到你那儿去取,谢谢你啦。"

片山似乎可以看到安男的身影,他笑着说:"行了行了,我不是跟你说了不要再去求别人了吗?你还有足够的油开到我办公室吗?"

"还有的,没问题。"

"行,你到公司附近再给我打电话,我总不能在办公室给你钱吧?"

挂了电话以后,安男突然轻松了不少。这样一来,他就有把握把母亲送到鸭浦了。尽管要绕点儿路,但这也不是什么事儿。

"城所先生,可以出发啦!"

护士把病床上的母亲推了过来,呼唤安男。他以为母亲不需要躺在病床上的,至少可以坐轮椅之类的。难不成他的这个计划真的是异想天开?

藤本医生一边关注着母亲的表情,一边说:"城所女士,您要是觉得哪里不舒服,要马上说出来。还有,您一定要一直舔着硝酸甘油片,不能说话,知道吗?我刚刚跟您儿子也说过了。"

母亲握着藤本医生的手,不断地点头。

在紧急出口的尽头,可以看到夏日的太阳照进来的光。藤本医生拿手挡着阳光,朝晴朗的天空望去。

"天气还有些热,但是不能开空调哦,您母亲现在还不能吹风。"藤本医生把一大袋材料交给安男,一副再说什么也无济于事的模样,"这个是地图,开的时候请尽量不要急转弯。"

藤本医生用红色笔在地图上标出了一路上会路过的位置,在这一百六十公里的路途中,画了不少标记。

装材料的文件袋上面,用端正的楷书写着收件人的姓名:圣马克斯医院心外科,曾我真太郎医生。

这些材料,是母亲的全部,是生我养我的母亲的全部。

"母亲,那我们现在出发啦!"

母亲躺在后座上,无力地举起她苍白的手。

当安男启动了车子,藤本医生透过窗户对安男说:"安,辛苦你啦。"

护士们呼唤着安男的小名,送他离开。

"请您谅解,春名教授有他自己的顾虑,医院也有自己的立场。若是我能做的,我一定会尽力。"

"谢谢,谢谢。"安男只能不断地说谢谢。

他不是想抱怨人们漠视母亲的生命,而是想要在藤本医生面前悔过,他想要把自己最真实的一面坦白,他会承担起生为人子的这个责任。其实,他还有很多话想要说——

医生,我已经破产了,我没有一分钱。

医生,我的家已经妻离子散。我的脑袋就像一锅粥,我不知道怎么做才是对的,但是我确定,我不能就这样让母亲死掉。

是因为我很奇怪吗,所以大家这么奇怪地看着我?

不过,有一件事我特别确定。母亲这一趟,是生是死,都会影响我接下来的人生。

我这几年真的过得很糟糕,但并没有多坏。或者说,是我不承认我的状况有多糟糕。

我一直庆幸自己能被生在这个世界上。所以,即便没有人支持我,我也想送我母亲去一百英里之外的地方。虽然您已经告诉我这路上有哪些医院,但是,即便母亲路上有什么事,我还是会坚持去目的地。

我想,母亲就是这么想的。横竖是死,与其在那病榻上等死,不如在温暖的车子里,把人生的最后一程走完。

所以,即便母亲不舒服,我还是不会停下来,会一直走到目的地。

即使我是个怪人,至少我还是个人。

感谢您,我最爱的母亲,不管生死,您都将会抵达天国。

真的非常感谢您,真的。

# 第十一章　完美的父亲

## 01

"社长……"

一脸肥肉的片山在中央大街的行道树下站着。他把手中的信封当扇子扇风,问了安男憋了一个小时的问题。

"你别介意啊,我就随口一问,你是不是被谁逼急了啊?"

"不是的,不是这样。"

安男把车窗摇下来,因为时间不允许,他不打算下车和他解释太多。

"那边的事情我都在拼命帮你,你可别认为你一个人可以搞定,知道吗?"

信封里头放着五万元。

"我现在也很拼命啊。"安男指了指后车厢。

片山看了一眼，眉头紧锁，仿佛两道眉毛要拧作一团了。

"这是谁啊？"

"这是我母亲，我现在要送她到千叶去做手术。"

"她看起来脸色很差，还活着吧？"

"嗯，至少现在是，我不需要太多钱啦。"

"没事，你就先拿着，身边多点儿钱也好办事。对了，你说动什么手术？"

"心脏。"

汗水把片山的衣服浸透了，文身隐隐可见，他再一次看了后座一眼。

"真的很让人担心呢，要动心脏的手术。"

忽然，母亲问道："安，已经到了？"

"没有，我和别人说几句话，马上就走。"

"这样子您会不会不太舒服，仰卧会不会比较好啊？"没等安男下车，片山就拉开了后座的门，"阿姨，您还好吗？要加油！"

"您是哪位呀？"

"您不用知道我是哪位，您告诉我，怎样做，您会比较舒服吧！"

"不好意思啊，背能不能弄高一点儿？"

片山的表情突然很认真,他回过头去和安男说:"社长,你到底在搞什么啊,大热天的,你开一辆厢型车来送病人,开什么玩笑啊?"

"我当然有我的苦衷,不过现在我没有时间跟你解释了。"

"我才不想听你有什么苦衷,你现在要想办法让她舒服一点儿。会不会坐着比躺着舒服一些啊?"

"不是吧,躺着应该比较舒服啊。"

"太颠簸了,即便你铺了再多被子,车子行驶起来也是会晃来晃去的。"片山掏出手帕擦掉不断冒出来的汗,开始把折叠起来的轮椅打开。

"片山……"

"干吗?你还在那儿发什么呆?她不是你母亲吗?快点儿过来把垫子重新铺一下。"

"我自己来吧。"

"这还不是因为你像块木头一样一动不动,所以我才动的手。"

片山有一句口头禅是"我才不是流氓"。不过,看他这一身打扮,不管是早已不符合潮流的卷发还是背上的文身,都让人觉得,要是他还不算流氓,这世上恐怕也没有流氓了。

尽管之前他们两个人有过很多矛盾,但是在安男支票跳票的时候,片山却是那个仗义相助的人。虽然他实际上也是为了保全自己的债权,但事情看上去也不仅仅如此,他应该是一个有情有义、有血有肉的人。

"阿姨,您稍微往那边挪一下,我重新把垫子铺一下。"

母亲拖着病体费劲地移到另一边去,片山把垫子铺到椅子上,重新铺好一张小床,又把被子叠起来放在背部,并放上一个枕头。

"好的,这样再盖上一条毯子就可以了。阿姨,您能动吗?到这边来躺一下。"

片山把母亲拉到坐椅上。

"尽管我不认识你,不过,我还是很感谢你。"

"不用客气,您的儿子净干一些荒唐事,我看不下去。不过,尽管我不清楚事情是怎样的,但他确实是个孝子。"

母亲靠着片山,慢慢地挪到椅子上坐好。

"怎么样?还会不舒服吗?"

"好多了,这样坐起来舒服多了,还可以看看窗外的风景。"

关上车门后,片山又擦了擦汗水,他摸出一根香烟,看着安男。

"不好意思,片山。"

第十一章 完美的父亲

"你真的太夸张了,我真想看看你还能倒霉到什么地步。"

"这个月的利息能不能缓几天?"

"什么啊!一码归一码,我已经说了很多遍了,我手头也周转不过来,尽管我现在是商事社长了,但是我上面还有好几个人的。"

"我明白啦。"

"我看你才不明白呢,你怎么这么天真啊,你是不是不知道金钱多重要,一会儿富翁,一会儿穷光蛋,都是你自己造的孽吧!哼,结果你还在那边说借个油钱、缓几天利息,不要耍赖哦,我告诉你。"

"行了片山,别让我妈听到了。"

片山往后座看了一下。安男的母亲对着他微笑。他叹了一口气,从口袋里掏出钱包塞给了安男。

"片山……"

"你就拿着吧,我不会去帮助那些只是缺个油费的人……对了!"片山似乎想起了什么事,又从钱包里抽出了几万元,说,"一码归一码,这些是这个月的利息。阿姨,您可要加油啊!"

片山丢下了这句话后,就消失在人来人往的人行道上了。

## 02

首都的高速公路堵车堵得厉害。

驾照失效的这两年,安男没有开车,也没有打过出租车,所以都快要把堵车这回事儿给忘了。他有点儿找不回过去开车的手感。更致命的问题是,这辆车是手动挡的。也就是说,他每次踩离合几乎都要熄火。后座的母亲跟着车子摇摇晃晃的。

高速公路上,车子排起了长龙,热气腾腾的。

"母亲,我能开一下空调吗?"

"可以,开到最冷吧。"

最冷?夏天的炙热和汽车的闷热互相交织着,安男和母亲在后视镜中对看着,母亲靠着棉被坐着,太阳火辣辣地晒着她的脖子。

"安,母亲问你,刚才那个人是?"母亲的眼睛睁开了一丝缝。或许,她从出发到现在,一直在想刚才的那一幕。

"哦,那是我的一个老朋友,过去我很照顾他的,你别放心上啊。"

"不是吧?"

母亲戳破了安男的谎言，让他的后背一阵发凉。

"你不是说破产了就不用再还那些钱了吗？"

安男觉得惊讶，母亲明明连安男做什么生意都不清楚，但她竟然马上就猜到了片山的真实身份。

"没有啦，不过他恰好是放高利贷的。"

母亲抬眼看了一下车顶，叹了一口气。不管孩子怎么掩饰，当父母的终究能一眼看穿他们的谎言。

"不过他是个热心肠，还帮着我数落你呢！他说你太天真了，都不知道金钱多重要，我听着好心酸啊。"

"怎么就心酸了？"

"你不明白啦，我特别感谢他，因为我都没有把你照顾好。"

安男不想再去深入思考母亲说的话了，因为实在太难懂了。他打开片山丢给他的钱包，里头大约有十万元，还有一沓用回形针别着的收据。

片山是犹豫了一番才把口袋里的钱包塞给安男的，那样子，委实称不上潇洒。

"刚才那个人，他多大啦？"

"不清楚呢，估计大我两三岁吧。"

"看着是和秀男差不多……"母亲把话说了一半，另一半咽回去了。

其实就算她不说，安男也知道她想说什么。她想说的是，你大哥、二哥还有姐姐都不管你，只管自己。母亲也没办法，每个月光缴纳保费就已经有很大压力了。我们都无法替代你的父亲照顾你。

"这也没什么啊。"他把心里头嘀咕的话说了出来，"我也是四十岁的人了，不需要谁来照顾了，你不要总觉得我是个孩子。"

实际上，在安男心里，那件事比自己的家境和学历更让他自卑。人活到四十岁了，如果不断地反省自己，他会知道那件事是他一辈子的弱点。

他从来没有接触过父亲，所以他也不清楚该怎么和自己的孩子相处。例如，他在跟孩子拥抱的时候、拉手的时候、夸奖或是批评的时候……他始终找不到合适的方式。当他的一对孩子忽然开口叫出"爸爸"的时候，他不但没有觉得开心，反而还觉得有点儿慌张。那种奇怪的感觉，就好像"父亲"是一种让人觉得可怕的生物一样。

而英子，则是被自己称呼为"妻子"的情人。一直到他们离婚，他们之间依然感情很好。但是他从没有把自己当成英子的"丈夫"。

对于片山的生活，安男几乎一无所知。他觉得片山可能就和普通人一样，生活在一个普通的家庭里吧！不管他是做什么的,不管他是放高利贷的还是做流氓的,在这个尽了丈夫与父亲责任的男人面前,自己一定是个一无是处的人。

哥哥们,大概也是这么觉得的吧。

"这是哪里呀?"

"快到箱崎了,过了这里,应该就不会再堵了。"

"那这里是老街吗?"母亲抬起头往窗外望去,"附近是龟户对不对?"

"还没到,还得再往前走一会儿。怎么了?"

"以前打仗的时候,我曾经到过龟户的工厂劳动服务,后来遇到空袭,就去三鹰那边了。"

安男曾听母亲说过,尽管她读过女校,但不完全算是念书,所以也无法教会孩子们什么——母亲经常说这句话。

"你爸的脑子就很灵光……"

"好了,不说了。"

安男不想让母亲继续把话说下去。从他的童年开始,母亲就一直把这类话挂在嘴边,他已经听了好多好多遍了:"你爸的脑子很灵光,大学毕业后就到大企业里面去工作,简直是个精英,所以我们家的孩子自小都很会念书,不需要请家教,也不需要去补课,大家都可以学得很好,这些都是遗传到了你爸的优良基因。"

"哥哥姐姐们都像我爸，只有我遗传了你的基因，这真是不公平。"

"安，才不是这样，"母亲突然扬起了嗓子说话，"尽管你的哥哥姐姐都说自己是因为遗传到了父亲的基因才这么聪明的，但这并不是事实，事实就只有我们俩知道。"

"什么意思？"

"其实是我给他们催眠了，我不停地告诉他们，你们很聪明。哈哈，这就是我的妙招。"母亲看着车顶，开心地笑了，"你知道吗？其实你爸老是说你的哥哥姐姐们像我，一直都觉得他们的脑子很不灵光。不过我一直催眠、一直催眠，听到他们都烦了，最后他们真的相信自己是遗传了父亲。其实，他们那种憨直的个性，也是遗传我的。"

"他们也算憨直？"

安男笑着回答母亲，看了后视镜一眼。他所有关于父亲的印象，都来源于仅有的几张照片。

"那我像父亲吗？"

母亲几乎没有思索，就回答他说："像极了，真可怕。"

"你就骗我吧你！"

"因为每次说到你爸，你都不高兴，所以我才一直没有说。其实你很多地方都像你爸，包括长相、个性、声音，甚至一些小毛病，简直是一模一样。"

第十一章　完美的父亲

"真的吗?"安男忽然开心了起来。在他的印象里,父亲应该是一个完美的男人。

"不对,妈,即便我们长相、声音像,但个性不可能像吧。"

"像极了!"母亲很笃定。

"哪里像?"

"你们固执且温柔,从来都是替别人着想,不会抱怨。即便你们做事很冲动,但是很能控制情绪。而且,只要你们决定要做的事情,就无论如何都会去做。"

母亲的话让安男陷入了深思。她说的这些也许是自己的优点,但从另一个角度看,或许就变成了顽固不化、优柔寡断、行事冲动、胆小如鼠。

"安,你觉得很奇怪吗?"

"可能是挺像的,但我应该是他的负面版本吧。"

"什么意思?"

"就好比一张底片的两面啊,的确是一模一样,但我是那个背面。"

"原来是这个意思啊。"

母亲好像认同了安男的话,这让他有点儿难过。不过,背面就背面吧,自己像父亲这事儿,还是让他挺自豪的。

"那能不能把你修成正面呢?"

"不可能了,来不及了。"

## 03

过了箱崎,道路就通畅多了。

"妈,我现在开始要加速啦,你先休息一下吧。"

母亲没有应答。安男从后视镜看到,她从睡衣里掏出了一个护身符。

"妈?"

"嗯,保平安用的。"

母亲把硝酸甘油片放在护身符里了。为了病发的时候能够迅速拿出来,母亲即便是住院也带着这个护身符。

她把一片硝酸甘油片放进嘴里,深深地闭上了眼睛。

"不舒服吗?"

然而安男没有得到回应。

# 第十二章　最后的晚餐

## 01

"要在木更津交流道下高速……"

安男记得医院的人都是这么说的。

等等,他们是不是说过,要从苏我交流道下?

安男有些找不着北了。

他有点儿后悔,后悔自己没有好好记下来。按照地图所示,馆山快速路标注着部分地区未完工。

地图并不是最新的,可能快速路已经完工了。

他把车停了下来,斟酌了一会儿,最后还是决定走往鸭浦方向的苏我交流道。房洲的山路复杂难辨,不知道哪里才是通往鸭浦的近路,他忽然觉得或许走哪条路都可以。

从国道297号到国道410号,沿着久留里城址、龟山温泉、龟山水库、养老溪谷、清澄山这样的游览路线,就可以抵达鸭浦。

"妈,你饿吗?我们要不要下高速先吃点儿东西?"

"我能吃东西吗?"

转眼已差不多是下午一点了。这会儿,本来他们应该已经到鸭浦的。

"本来以为下午一点就可以到的,所以没有先问医生关于你吃饭的事。你在医院的时候都吃什么呀?"

"喝粥。"

"喝粥啊……"

"我吃什么都可以啦,你应该很饿了吧?"

母亲的脸色非常苍白,看上去是没办法吃东西了。

"你吃早餐了吗?"

"没有呢,时间太赶了,我就喝了杯咖啡。"

"那我们先去吃点儿东西吧。"

"不要紧的,饿一下又不会死。"

"不过我饿了,你总得让我吃点儿吧。"

母亲紧闭着双眼,看上去非常难受。这样的身体状况,还吃得下东西吗?

"我真的不要紧。"

"你是不要紧,但是我饿啊。"

他们下了高速后开了一段距离,在附近看到一家插着大渔旗的餐厅。

"活鱼料理哦，我们去吃生鱼片吧。"

"行啊，就像别人说的，这是最后的晚餐了。"

安男笑着，心里不由得空空的。

最后的晚餐，这是个玩笑，这也不是个玩笑。尽管母亲忍着痛苦没有说出来，但是此时她一定是发病了。只要一点点血块堵住她的冠状动脉，她的生命就会走向结束。

母亲的生死就决定于那几毫米的血管。既然如此，那为什么他们还要拼命赶路呢？

安男心想，最后一次和母亲吃饭是什么时候呢？在哥哥姐姐们逐渐搬走后，家里就剩下他和母亲两个人了，按道理说，他们应该有很多一起吃饭的机会啊。

母亲似乎读懂了他的内心，毫不犹豫地对他说："安，我想和你一起吃饭……"

母亲的声音已经越来越弱了，到最后，那"拜托"两个字都已经无法听得清了。

安男把车停在偌大的停车场中，或许这正是吃牡蛎的季节，不少观光巴士也会停在这里。餐厅旁边有一个很大的土产点，里头摆满了商品。

正午的阳光炙热，停车场像蒸笼一样滚烫。从国道处飞扬而来的尘土，让餐厅的玻璃窗蒙上了一层灰。

安男看着高高飞扬的大渔旗,红蓝黄相间的颜色。他想,母亲很可能会在这里结束她的生命。

"安,你怎么了?"

我必须足够勇敢。母亲即便知道自己很可能撑不住了,但是依然不希望在生命的最后时刻看着自己的孩子饿肚子。

"妈,我现在终于明白了。"

"明白什么?"

"我终于明白养小孩是怎么一回事了,妈……你就是这样,把我们几个拉扯大的吧?"

安男的心里已经渐渐明白。

我对自己是否曾以这样的心情去对待孩子而存在疑问。作为一个父亲,他觉得应该要去参加孩子的家长会,要拍下孩子在运动会比赛上的精彩照片,要经常带家人出去吃饭,即使没有一起生活,也应该给他们提供衣食无忧的生活才是。

现在我知道,我错了。不管什么时候,母亲总是在用生命养育孩子。所以当孩子们一个个长大、搬家以后,她还是会用最灿烂的笑容送别他们。然而,她自己却好像浦岛太郎打开宝物箱一般,慢慢老去。

而我,却从未想过为了养育孩子拼上生命。

"我们吃点儿好吃的去吧。"

安男下车,一阵海风穿透了他浸着汗水的身体。

当他把车子后座的门打开时,看到母亲瘦小的身体蜷缩在小小的椅子上,他似乎觉得自己已经看到了母亲死亡时的模样。

"我背你吧。"安男转过身去。

"不用啦,我自己可以走的。"

"不行不行,还是我背你吧。"

"这多不好意思啊。"

母亲一边说,一边趴到他的背上去。安男觉得,母亲轻得就如一片羽毛。

安男在热腾腾的水泥地上大步地走着。

"对不起哦,安。"

"怎么说对不起了⋯⋯"安男一开口就哽咽了。母亲独自一人把他养大,即使他现在长大成人了,她也依然操心自己,还把最后的一点点积蓄都拿出来了。即便这样,母亲还是会和自己道歉。

安男一边走着,一边自言自语:"妈,你可不能死哦⋯⋯"

母亲没有回应。难道是因为自己也没有信心吗?又或者说,她也意识到了自己的生命恐怕会结束在这间餐厅?

阳光在他们的脚下留下了一团黑影。

"你要振作起来,不能死哦。我也会振作起来的,虽然我没办法像以前那么富有,但我也会好起来,让你放心。

听到没有,你不能死啊。"

这段话太沉重了,安男不禁放慢了脚步,越走越慢。最终他们在这热腾腾的停车场中间停了下来。

"你都这么大了,怎么还这样啊?"母亲把脖子上的毛巾取下来,帮安男擦一擦泪水,"你爸……他就没有流过一滴泪。"

"不要再说他了,我根本不认识他。"

"就因为你不认识,所以才告诉你啊,他可从来没有哭过。"

"那是因为他从来没有背过不知何时会去世的母亲,要是他和我一样经历过,他一定也会哭!"

"好啦,走吧,安。"

母亲小小的手握成了拳头状,轻轻敲了一下安男的脑袋。安男早已泣不成声。

"母亲,你不能死哦!我不要你死,不要你死,不要不要不要……"

---

## 02

餐厅的入口,是一个仿造的给渔夫工作和休息的小屋。

安男撩开门帘走进去，与一个嘴里含着牙签的司机擦肩而过，对方脸上尽是压抑的表情。

"安，我会不好意思的……"

灯光不明朗的餐厅里，空调的凉风迎面扑来。

"不好意思，空调能不能稍微调小一点儿？"安男问了店里的老板。

餐厅比想象中的还要大，墙面是用渔网装饰的，天花板上有好些玻璃游标。在依傍着大型水箱建的吧台边上，男人们正在吃饭。安男的这个要求，让他们不约而同朝这边看了过来。

"关掉冷气吧，不会热死人的。"一个看起来像是卡车司机的男人，对穿着背心的男人大声说。

"老太太，你不舒服吗？"

"对，我们正在去医院的路上。"

"往里面坐吧，里面不会吹到风。"

安男听了，扶母亲到靠墙的位置坐下。靠着吧台，可以看到一排强壮男人的后背。

"你们这是要去哪里的医院？"

一个看起来像是出租车司机的有点儿年纪的男人转身问，他的手里还握着筷子。

"鸭浦的圣马克斯纪念医院。"

"那里距离这里很远呢,你们从哪儿来的?"

"从东京西区过来的。"安男的话音刚落,看到他们的肩膀缩了一下。

"我听说过那个医院。之前我在成田送过一个外国人去那边动手术。"另一个出租车司机说。

"那里有那么厉害的医生?"

"是啊,据说有全世界最厉害的心外科医生。"

"鸭浦?真是难以置信。"

"而且那个医院是前些天才建好的天主教医院。有人说那边的医生跟神一样,能让重病患者起死回生。"

"那我也得把我得癌症的老爸送去。"

"癌症不知道能不能治,好像心脏方面是最厉害的,有人专程从美国过来看病。"

"为什么那么厉害的医生会去那种乡下地方?"

"我怎么知道?对了,你们怎么下高速了呢?如果要到鸭浦,应该得从木更津交流道下吧?"

母亲靠着墙闭着眼睛休息,听着男人们的闲聊。

安男心想,看来,他果真走错路了……不过这一趟也不算白费,能够听到如此坚定人心的对话,就算绕远路,他也觉得值得。

"因为我用的地图已经很旧了……"

"这样啊,不过这边靠海,走哪里都差不多的。"

服务员过来点餐。

"我已经关掉空调了,请问要吃点儿什么?"

母亲看着彩色的手工菜单,嘴角轻轻上扬。

"吃你喜欢吃的吧!"

"要不要来点儿生鱼片?妈,你很喜欢吃吧?"

母亲把棉袄和厚袜子脱下。

"这样没事吧?"安男马上闭上了嘴巴。

他决定不说这种话了,一直到他们到达医院。关乎生死的时刻,说这种话,其实没有什么意义。

"木更津吗……"母亲眺望远方。

"怎么了?"

"我们之前是不是计划一起去木更津?"

"是啊,后来前一晚我发烧了就没去成,真是乐极生悲。"

"那时候你好像还是小学一年级吧?那一年,东京刚好举办奥运会,大家的生活都改善了不少,但是我们家却还是穷得连一台电视机都没有。你大哥那时候上高中了,其他人都还在念小学。我告诉你们,今年夏天一起去海边玩,你姐姐说她不想玩水,想吃牡蛎。她还说,全家都可以吃那些挖到的牡蛎……"

"可以全家一起出游，恐怕只有那次机会了，只可惜……"

安男依然记得行程取消的那个早上。那天，母亲买了很多生鱼片给大家吃。

"秋元真是个好人呢，你姐姐眼光不错，现在当了分行经理的太太。"

"是吗？如果真是个好人，他应该会考虑一下母亲的事吧。"

他在出租车里打了那个冷血的姐夫。即便对于姐姐而言，秋元是个好丈夫，但是安男实在接受不了"他是个好人"这种评价。

"你不要再说这些了。只要你们都遇到好人，过上幸福的生活，这就是在孝敬我了。"

"对不起。"

如果自己能过好，母亲的人生大概就没有遗憾了吧。况且，既然她那么喜欢英子这个儿媳，对于母亲来说，他们离婚应该是一件让人难过的事吧。

"安，我和你说……"

母亲把她干巴巴的手放在安男腿上。

"你知道吗？姐姐有喜欢的人的。"

"什么？姐姐?"

"不是你想的那样，她不是出轨了。她结婚之前，一直有和一个男生在交往。"

"这我怎么没听说？"

"你不要告诉其他人哦，毕竟事情已经过去很久了。还记得吗？你姐姐上短大的时候在新宿附近的咖啡店兼职，那个男生也在那边工作。"

安男在读高中的时候，曾经去过那个咖啡店好几次。那是靖国通上的一个小咖啡屋。他回忆起姐姐握住深色玻璃门把手的样子，像个门房一样。

"他们在一起五年呢。直到你姐姐大学毕业、去银行上班之前，他们一直在一起，还同居过一段时间。"

"你见过那个男生？"

"是啊，我以为他们会结婚的。我到他们的公寓里去过，吃过几次饭，我觉得他也是个不错的人。"

"那为什么他们后来分手了？"

"是因为……"母亲有些犹豫，不知道该不该说。

"因为后来秋元先生向她求婚了。"

"这也是理由？"

对于姐姐来说，这的确是个最好的理由吧。毕竟秋元是一流大学毕业的银行白领。

"一个中学毕业的服务员，只是谈谈恋爱也就算了，还不够资格跟她结婚，对吧？这也太过分了吧。"

"你姐姐也要追求她自己的幸福人生啊。"

"幸福不是和自己喜欢的人在一起吗？"

母亲果断地说："用钱就可以买得到幸福。"

安男觉得，这不太像母亲说的话。至少，她不是因为喜欢才说的。

"家境很好的人才会说'用钱买不到幸福'这种话吧。只有真正穷过，才会知道用钱也能够买到幸福的道理。你姐姐很聪明，所以她选择秋元先生就是在追求自己的幸福。"

"我才不喜欢这样。"

"安，你明白我在说什么吧？"

安男认识英子的时候，只不过是个不动产公司的业务员。那时候的他不求上进，工作就是为了糊口。

英子在普通的公务员家庭长大，虽然算不上优渥，但是从小也没有穷过。与其说安男有多爱她，不如说，他觉得和英子在一起，自己不至于会贫穷。英子看起来怎么也与贫穷沾不上边。所以，可能他的动机没有姐姐那么明显，但多少还是殊途同归的。

母亲的话混合着高分贝的渔歌，在安男的耳边环绕着。

"大家的努力都是为了幸福，大家都在努力实现妈妈的心愿,你们都是妈妈的菩萨,真好。"

"妈,别说太多了,身体受不了。"

"没事,反正已经受不了了。"

母亲喝了一口水,叹了一口气。

第二片硝酸甘油已经舔完了吗?母亲是因为觉得自己时间无多,所以才想要一口气把话说完吗?

"我还有很多话想要对你说。"

"我知道啦,你不说我也知道。"

"太多话想说了,都不知道从何说起。不过我有件事一定要跟你说,你的哥哥们并没有什么错。"

"我才不觉得,他们就是错了。"

母亲闭着眼睛摇了摇头。她看上去好像还有话要说,但是还没开口,她就已经泪流满面了。

"你要明白一点,出身不好的人要想过得幸福是一件很难很难的事情。地上的昆虫怎么会飞到天上去呢,这有多么困难?你的哥哥姐姐们从小就没有了父亲,还在那个旧公寓里长大,却很出色地长出了坚硬的翅膀,能够独立飞上天空,这真的是很难得。在医院的时候,有人问起关于你们的事,我内心都很自豪。我说,我有四个孩子,有一个做生意的,念国立大学的时候还获得了奖学金;有一个当医生的,也毕业于国立大学,最近自己开诊所执业了;

还有一个女儿,她的丈夫是银行的经理,东大毕业的,以后肯定前程似锦;最后,我的小儿子……"

"在不动产公司当社长,对吧?"

"对,我就是这么跟他们说的。"

"对呀,小儿子最厉害了,公司里头有三十个员工,每天上下班的座驾是奔驰,还在世田谷建了一个大房子。你这么说的吗?"

这个时候,生鱼片被送上来了。还有烤肉、天妇罗、味增汤、茶碗蒸。

"你怎么点这么多?"

"因为这可是最后的晚餐了,妈,你即使不想吃,也要动动筷子噢。"安男夹了一块鲔鱼给母亲吃,但是她还是没有坐直的力气。

母亲张开了她的嘴巴,安男可以闻到一阵浓烈的药味儿。

"好吃吗?"

"好吃,很不错。"

"这并不是最后的晚餐哦,我居然让母亲说谎了。"

"说什么谎?"母亲不断地用舌头舔着鱼片,不知道是不是没有咽下去的力气。

"以后我一定还会再当社长的,我会让你过去说的谎变成真话。"

"不要紧了,妈不勉强你。你要是把身体累坏了,又没有人能照顾你。"

安男心想,如果母亲没有力气咽食物,那他就把食物嚼碎了再放到她嘴里,就像小时候母亲喂他的时候那样。

# 第十三章　我爱你，无法自拔

## 01

离开了充满卡车的国道,他们开进了一片美丽的田园风光中。

车子慢慢地爬坡,驶入了一个被蝉声充斥的森林中。正值夏末秋初,气温有点儿尴尬。

房总半岛在太平洋边凸出去,安男没有料到山区这么深,越往上爬坡,就越进入深山。

从后视镜里,他看到母亲已经睡着了。安男加快了开车的速度。

母亲在睡梦中眉头紧蹙,难道是不舒服吗?又或者,她是强迫自己进入睡梦中,难道是为了给自己减轻痛苦?

他打开收音机。很巧合的是,他听到了熟悉的乡村音乐。这首乐曲和眼前的蓝天与森林非常相衬。

If you miss the train I'm on

You will know that I am gone

You can hear the whistle blow a hundred miles

A hundred miles, a hundred miles

A hundred miles, a hundred miles

You can hear the whistle blow a hundred miles

那是彼得、保罗与玛莉三重唱的《离家五百英里》。

很多年前,当他们一大家子还住在石神井公寓的时候,读高中的哥哥常常会唱起这首歌,歌声嘹亮而清脆,这首歌让安男回忆起过去那个窘困的年代。

他轻轻地唱了起来。

Lord, I'm one. Lord, I'm two

Lord, I'm three. Lord, I'm four

Lord, I'm five hundred miles away from home

Away from home. Away from home

Away from home. Away from home

Lord, I'm five hundred miles away from home

"啊,你大哥过去常常唱这首歌呢……"母亲自言自语道。

她对流行歌曲从不感冒，现在能回忆起来，大概是缘于哥哥的歌声。

"咱们家的人都五音不全，除了你大哥。这一点，他就像你爸，你哥哥也只有这点像他。"

"我爸也会唱歌吗？"

"你爸唱歌可好听了。他每次喝多了就会开始唱军歌，可好听啦！"

"大哥至今还会用吉他弹唱。他好歹也是一个部长，竟然弹着吉他唱乡村歌曲，时代都不一样了。"

"对啊对啊，我那时候想送把吉他给他的，不过因为价格太高了，他就说不用了。"

"那他的吉他哪里来的？"

"那是小林先生送他的生日礼物。还记得吧？小林一也先生。"

安男脑海中的小林先生的脸庞已经模糊了。不过，正如他的名字那样，他是一个正直且亲切的人。

在森林里穿梭的时候，他终于想起了小林的模样。

"母亲，这件事虽然不太吉利，但我还是想问你，要是你……那时候，我要通知小林先生吗？"

"不必了吧，我们都三十年没联系了呢。"

在过去，确实有一段时间里，安男误以为母亲和小林先生有某种关系。小林先生比母亲小几岁，在保险公司当外务。那时候小林先生三十多岁，母亲四十左右。不过对于小林先生的确切年纪，他没办法确定。

母亲是思考了一下才回答的，带着一点儿孤寂的叹息。

"他说他要回北海道结婚，现在不知道过得怎么样了。"

"你有他的消息吗？"

"前段时间我听说他在札幌分行任职，后来就没有消息了，或许他已经没在那边工作了吧。"

安男回忆起一件事，他想起他的脑海里为什么会一下子出现"小林一也"的名字了。

那好像是在一个圣诞节的晚上，小林先生去他们家给他们送礼物，不过他记不清他是和母亲一块儿去的，还是一个人突然登门的。

那时候，安男就隐隐觉得，小林先生和母亲不仅仅是同事关系那么简单。连最小的孩子都意识到了，哥哥姐姐们估计更加心中有数了吧。

但即便这样，小林先生依然肆无忌惮，每个周末晚上都会到他们家和他们一起吃饭，然后待到很晚，搭最后一班公交回家。

一切都显得非常自然。

小林先生送给安男的礼物是皮制手套。尽管他想不起来哥哥们得到的是什么礼物，但一定是价值不菲的东西。在那个价格和价值无法对等的贫困年代里，那是在今时今日都无法想象的好东西。

那晚,母亲带着安男去送小林先生——如今想起来,大概是因为自己收到礼物得意忘形,才会不识趣地跟他们走到公交车站去。

小林先生那天喝多了。在站台的路灯下,他掏出了一本笔记本,借着路灯的光,写下了自己的名字。

他写了两个名字,先是"小林一也",再是"城所一也"。

小林先生当时问他:"安,你觉得哪个更好啊?"

他觉得母亲也看到了小林先生写的东西。尽管安男那一刻不明白他是什么意思,但是后来他知道了,他应该是在和母亲求婚吧。

母亲笑了笑,应付了他一句:"小林先生,不可以的。"

尽管安男是过了很多很多年才明白小林先生的用意,但是"小林一也"这四个字深深地刻在了他的脑海里。

## 02

"妈,有件很无聊的事情,我一直很想知道。"
"什么事情?"

真的是很无聊的一件事了。但他很想知道那件事的答案，因为这样他才可以更理解母亲的辛苦。

"你那时候是在哪里和小林先生见面的？"

"在公司啊。尽管他年纪小，但是因为他是大学生，所以也是我们的组长。"

"不是啦，我是问你们在哪里约会——我问这个，是不是太无聊了？"

"你这孩子，嘿嘿，真讨厌。"母亲忽然像个少女般娇羞，"你问这个是想干什么？"

"不干什么啊，因为我现在跟母亲当年的年纪差不多，所以有点儿好奇。"

"安，你好色哦。"母亲嘿嘿地笑着，然后用格外认真的语气回答，"在他郊外的公寓啊。"

"这样哦……"

母亲的回答让他有点儿震惊，他瞬间明白了小林先生的个性还有母亲的辛苦。

"那时候周六不是只上半天班吗？我们就利用周六下午的时间约会。安，抱歉哦，这个事情，你不能让哥哥他们知道。"

过去的周六下午，是母亲和小林先生过"二人世界"的时光。然后，他们就会回到石神井公寓，和孩子们一起吃饭。

母亲这一辈子，只谈过两次恋爱。这一次，却是在这么拘束的形式下匆匆开始和结束的。这个故事很像母亲的风格。然而小林先生呢？他接受得了这么拘束的恋爱吗？

他回忆起过去周六的傍晚，小林先生和母亲一起回到石神井公寓，当时的他嗓音嘹亮。

"高、秀、优子、安……"

他推开门，像母亲当时叫他们一样叫他们四个，有一种隆重的仪式感。他的嗓音清亮——不对，不是仪式感。小林先生在喊孩子们的名字时，像是在郑重其事地诵读经文。

他还记得小林先生的眼睛，双眼皮、黑框眼镜，还有他身穿的白衬衫，身上油油的气味儿、淡淡的烟草味儿……

"母亲，小林先生真的是个好人呢。"

"对啊，真的是个很好的人，像天使一样的人。"

"那你为什么后来没有跟他继续交往了？"

话说出来之后，他发现自己太笨了。有那么一瞬间，他好像站在小林先生的立场上去质问母亲一样。

"是为了我爸？"

"没有啦，不是这样的。"

"那你倒是告诉我呀。"

母亲没有回答。对于一个从不说谎的人来说，这个问题要回答起来太难了。

"该从哪里说起呢?大概是这样吧。人和天使是不能在一起的。或许你觉得我在敷衍你,但事实上我确实是这么想的。"

"所以你很喜欢他吗?"

"对啊。"

安男从后视镜里看到母亲像少女一样娇羞。窗外大树的影子扫过母亲苍白的脸,吹起来的微风有一股高原的味道。

"你爸希望你们几个过得好,我觉得小林先生确实可以做到让你们幸福,而且你爸在天上看到了,也会替我们感到高兴的。我真的是这么想的。小林先生很好的,工作认真,踏实,很会为我们几个着想。"

"那你为什么最后不和他在一起?"

"现在说这些,已经太迟了。"母亲低下头去,叹了一口气。

"已经太迟",从这个说法上,就可以看出母亲的后悔。

"你还记得他给你们送圣诞礼物的那一晚吗?"

安男没有回答,他不想回答说自己记得,只想听母亲接着往下说。

"我记得好像是你吧,随着我一起去送小林先生。"

"是的。"

安男大概知道母亲要说什么了。

"你还记得?"

"我就记得好像有跟他一起走到公交车站。"

"那时候你还很小呢!"母亲笑了,仿佛就在说昨天刚发生的事儿。

"小林先生那晚在笔记本上写下了'城所一也'这个名字,还说这真是个好名字呢。"

"什么啊,居然有这样的事?"

那一刻,母亲应该是下定决心了吧。她的眼神里,仿佛蕴藏了小林先生的温柔。

"是因为……"母亲突然哽咽了起来。

"好了,别说了啊,我都明白。"

"是因为……"

"好了,真的不要说了。"

"他真是天使一般的人,一开始同情我,帮着我完成任务,让我去申请补贴。我真的太依赖他了。"

当然了,绝不是因为这些,才让他们彼此有了感情。母亲一直就是公认的美女。

"我们在他的公寓里约会的时候,他一直这么对我说——我要多照顾你们一些,不仅仅是想让你和孩子们都幸福,是因为我这么做的时候,自己也觉得很幸福。每次我听了这些以后,都说他只是在敷衍我,他就会很生气,甚至会气哭呢。"

"气哭?"

"是啊,一直对我说:'你为什么要这么说啊?'"

"那你为什么要那样?"

"你是不是傻?"母亲一脸不屑,"我不能只一味地考虑自己啊。我们那时候太穷了,压力很大,而且接下来压力只会越来越大。我既然爱他,怎么能让他那么辛苦呢?"

安男不明白,为什么母亲要那么骄傲。不管是生活窘迫的时候,还是在谈恋爱的时候,即便是现在心脏病重的时候,她依然要那么骄傲。

"我真的太感谢他了。"母亲自言自语了一句。

在迟疑和后悔当中,她每每想起那个圣诞夜在公交车站的情形,大概都会发出这样的感慨吧。

"我真的太感谢他了!他那时候还哭了呢。他们家在北海道有个牧场。"

"嗯,我有印象。他还说第二年暑假可以带我们去玩呢,不过后来也没有去成。"

"你清楚他的意思吗?他说自己可以改姓城所,意思就是愿意放弃自己的家业来照顾我们一家子。他宁可自己把姓氏改了,也不愿意让你们改姓氏;他宁可放弃自己的未来,也要来承担我的未来。他这么伟大,你觉得,我能接受吗?"母亲的神情变得极其温柔,"即便这个世界上既没有上帝也没有佛祖，但是我面前居然出现了这样一个天使般的人。安，你也一样。你辛苦了这么久，以后也会有一个天使一样的人出现的。"

"才没有。"安男反对地说。

"肯定会的，只是你现在还没有苦到那个地步。"

安男不想把话题转移到自己身上，于是继续问母亲："后来小林先生怎么没有来了？"

"因为我和他解释了，说这样就足够了。"

"你和他分手了？"

"差不多是这个意思吧。然后小林先生就申请调离岗位了。"

他很坦诚，是个直肠子的人，不希望两个人一直处于暧昧的状态。

"他或许现在在经营牧场呢。"

## 03

在去高原的路上，安男隐约看到一个大牧场。小林先生也六十多岁了吧，如果他还活着，应该有自己的孙辈了。那个像天使一样想要成为我们父亲的人，到底在北国的大地上过着什么样子的生活呢?

母亲有点儿难过地说:"他离开我们单位的那天,我还和很多同事一起送他到机场。那时候正好是人事调动频繁的三月,不少人到机场去送行。以前的人都很有人情味儿呢,都会给调离的同事送行。"

"大家都不知道吗?"

"不知道什么?"

"不知道你们俩的事?"

"那肯定啊,我们俩很谨慎的,没有人知道。"

正因为是秘密,说不定才会更寂寞。母亲一定是按捺着内心的难过,强颜欢笑地给他送别吧。

"他在机场的角落偷偷跟我说了一句话,你知道说什么了吗?"

"说什么?"

"他说,他发自肺腑地爱我,无法自拔。"

安男从后视镜里看母亲,她已经不再是娇羞的表情了。她对他们分别时说的每一句话,甚至是每一个字,都记得一清二楚。可想而知,那个天使般的人物所留下来的话,是支撑着母亲走完这一生的全部力量。

"他还对我说,我们第一次在一起的时候,他就已经决定了要对我负责任了。'我爱你,爱你的全部。所以,城所小姐,你不要有任何一点点误会,我并没有勉强自己一丝一毫,我只是在做我愿意做的事情。抱歉,这段时间给你造成困扰了,你一定要加油。'"

"你不要让我流泪了,他真是个好人啊。"

"后来,他低下头和我道歉好几次,更是在祈祷。那些祈祷慢慢地感染了我,让我鼓起勇气,去面对孩子们的将来。"

"我想去北海道找他。"

"算了吧。"

然后,母亲就沉默不语了。

## 第十四章　他可以救我的母亲

## 01

If you miss the train I'm on

You will know that I am gone

You can hear the whistle blow a hundred miles

A hundred miles, a hundred miles

A hundred miles, a hundred miles

You can hear the whistle blow a hundred miles

因为没有学过英语,所以安男并不懂得歌词在唱些什么。不过,这是一首就算只有旋律都让人心情愉快的歌。

"糟了,我现在脑海里在单曲循环这首歌。"

"我理解,人有时候是会这样的。"

母亲坐在安男的两腿之间,徐徐的风吹得她眼睛都眯起来了。过了很久,他们方才到达鸭浦。

一百英里的路程,他们做到了。

"这个医院看起来还不错啊,与附近的环境很不相衬。"

母亲裹着毯子,在安男的手臂下回过头去看。圣马克斯医院在海边屹立着,像是一只很大的海鸟。

在安男的想象中,这大概更像一家与世隔绝的疗养院。他们的车子绕出了山路,走进鸭浦这样的小渔村以后,似乎更接地气了。

他们沿着海边往前再走一公里左右,就看到了宏伟的圣马克斯医院,它看起来和大学医院一样气派。安男和母亲在看到医院的那一刻,兴奋地欢呼了起来。这栋白色的建筑在他们心里,就和天国中的城堡一样神圣。

母亲对安男说:"进医院之前,我们先去看看海吧。"

安男心想,母亲大概是想要最后一次触碰一下大地,感受一下扑面而来的海风吧。于是他在堤坝旁边把车停下来,背着母亲往前走。

安男抱着母亲的样子,就像是在抱一个婴儿。他用毯子紧紧地裹住了母亲的领口。两个人就这么安静地看着波光粼粼的水面。

"母亲,你很棒,没事了。"

让安男很惊讶的是,母亲太娇弱了。

"现在还不知道呢，医生也不知道我这情况能不能动手术，就算能动手术，也不知道能不能成功。"

"肯定可以的。要是不可以，我们都到不了这里了。"

"话是这么说啦……"

安男忽然有一种在外流浪四十年，此刻终于回家的感觉。自从自己和这个称呼为"妈"的女人在一起后，他走了很漫长的一段路。

当他看着眼前白色的医院时，再也抑制不住眼眶里的泪水了。他望向远方，然后轻轻地哼起歌儿来。

母亲把脑袋靠在了安男的手臂上，像听摇篮曲一样，敲打着膝盖，打起了拍子。

"If you me the trainer moon……"

"那是什么意思？"

"我不知道哦，到时你问哥哥们吧。"

"我还可以再看到大家吗？"

"当然可以了，我会让你和他们再见的。"

"希望到时候他们不是掀起白布来见我。"

"胡说八道，你再这么说的话，我该生气啦。"

"那你就生气一下吧，我可从来没见过你生气呢。"母亲扶着安男的膝盖，嘿嘿笑了出来，"你虽然笨，不过脾气好，不管遇到什么事情都不会生气。"

第十四章　他可以救我的母亲

"妈,你说谁笨啊,我是很能忍啦,当然会生气啊。"

安男还记得自己在出租车里揍姐夫的过程。

"不过,我或许真的很笨吧……只有我一个人掉队了。"

"掉队?"

"对啊,我没跟上哥哥们的步伐。"

"才不会呢,以后的路还长着。"

"肯定是起名的问题了。高男、优子、秀男,接下去怎么可以是安男啊?怎么想,我都觉得不科学。"

"这个嘛,你去怨你爸吧,他会取'安'这个字,肯定有他的用意吧。"

像是安心、安全、安宁、安定之类的,都是很好的意思啊,而且它们都可以体现自己的性格。这大概就是"名不副实"吧。

## 02

九月的海浪卷起来很高,海风温和。

"走吧,不然你得着凉了。"

"再陪我待一下吧,晒着太阳,好舒服。"

太阳炙烤着大地。

"我还想看落日呢,不过估计还有很长时间。"

"不行不行,我们走吧。"

"你再唱一次歌给我听。"

母亲大概是听到了这首歌后想起了过去一家人还在一起的时光吧!那时候小林先生为了她,愿意付出所有。对于一生都在历经各种苦难的母亲来说,那是她一生中最幸福的一段日子。想到这里,安男有些心酸。

母亲把幸福寄托在"希望"二字上。她的幸福不仅是实现愿望,更是因为希望而认为过去的那段时光都是幸福的。

有了母亲,才会有我。

"妈……"

"怎么了?"

"再活五年好不好?我不强求。"

母亲没有答应。

"这已经是强求了。"

"我不会再求你什么了,我以后也不再说什么了,你再活五年吧,到时候,我陪你一起死。"

"你年纪轻轻的,说什么胡话!"

"我活得好累啊,我比你还想死。"

这一百英里的任务完成了,安男却失去了活下去的动力。

"赶紧啦,再唱一次歌给母亲听。"

安男吸了吸鼻子,开始唱歌。

这个时候,有一个满脸胡子的钓鱼者走了上来,体型壮硕的他好像一个金刚。

他的胳膊被太阳晒得发红。安男看到他之后,停止了唱歌。钓鱼者看到他们母子俩,神情有些压抑。他拿钓鱼竿指着安男说:"我听你唱歌很久了,都不知道你在唱些什么,太难听了。"

他或许就是当地的渔民吧,大裤衩下的双腿粗壮,腿毛繁密。钓鱼者的身躯挡住了大大的太阳。

"您管得太宽了。"

安男想要抱母亲起来,可钓鱼者却拿鱼竿拦住了他。

"我跟你说,不是'If you me',是'If you miss'。还有,'the trainer moon'是什么东西?应该是'the train I'm on'。"

他的英语发音非常漂亮,看来他并不是渔夫。

男人把钓竿甩来甩去,自顾自地唱了起来:

If you miss the train I'm on

You will know that I am gone

You can hear the whistle blow

A hundred miles——

"来吧,我们一起唱。"

安男没来得及觉得他怪异,就忍不住跟着他的歌声跳起舞来。

If you miss the train I'm on

You will know that I am gone

You can hear the whistle blow

A hundred miles——

唱完这几句以后,男人一边对他说了一句"Good",一边拍了拍他的肩膀。

"很抱歉,请问你可以告诉我们这几句歌词的意思吗?"

"这是个好问题。日本人常常唱英语歌,可又不知道什么意思,好笨。我一年砸坏了三台电视,昨晚才刚砸坏了刚买的高清电视呢。"

"天啊……"

男人摸了摸他下巴浓密的胡子,用一种听上去并不晴朗的声音翻译歌词——

如果你没有搭上我在的这班火车

你将听到一百英里外传来的汽笛声

请在心里送我远去吧

一百英里,一百英里

一百英里,一百英里

你能听到火车的汽笛声

一百英里

朗诵完后,男人闭上嘴巴,看着安男。

"辛苦你了,这一百英里。我是曾我真太郎,顾着唱歌,忘了自我介绍了。"

安男的喉咙似乎被什么东西堵住了,他说不出话来,只能放声大哭。

---

## 02

眼前的这个人,可以救我的母亲。这世界可能找不到第二个人能像他一样救我母亲的了。

他在这里等着我们,他在这一百英里的终点等着我们。

"啧啧,你们啊,真是乱来,应该用救护车啊!"

母亲代替说不出话的安男回答说:"这孩子太固执了,又爱逞强……"

"你的逞强如果让你母亲丢了性命可怎么办才好?"

安男像是个做错了事被训斥的孩子,不知道自己当初到底在想什么,对自己的行为和冲动感到很羞愧。

"我以为她……不,我以为我妈……她可能撑不到这里了。所以,救护车那么不舒服,不如……"

"不如坐自己儿子的车,闻着儿子的味道,然后死在车上吗?"

"很抱歉!"

"不!"曾我掷地有声,"我原本以为你是舍不得花钱,于是已经在考虑这边派车过去接你们,想不到那边医院通知我,说你们已经自己开车出发了。真了不起,我一直在那边听着你们的对话。我也不是故意的,但是却也都听见了——好样的,你是条汉子。"

曾我医生一边说一边背对着母亲蹲了下来。

"来吧,接下来就由我送您到医院。"

"哎呀,这怎么行呢?"母亲有点儿迟疑。

"您的孩子已经开了一百英里的车了,他累得筋疲力竭啦!您看看他那样子,像不像在鲸鱼的肚子里被救出来的渔民?"

安男估计自己的脸色一定很差了,而且他确实很累很累。

曾我医生背起母亲,像一个勇者一样前进。

"你啊,帮我把钓鱼竿和保温箱带过来。放心吧,你母亲的心脏不会停的。"

安男帮曾我收拾好钓鱼工具,朝他的方向跑去。曾我宽阔的臂膀背着母亲在阳光灿烂的路上前行,向那个纯白的医院进发。

安男心想,这会不会是在做梦啊?好像不管他怎么用尽力气跑,都追不上眼前那个男人。

"医生,是这样的,我母亲,我母亲她……"

"别吞吞吐吐,说重点!"

"我母亲她的心脏……"

"我刚才不是已经说了吗?不会停的。"

"真的吗?为什么?"

"你这笨蛋!你已经走了一百英里了,我还能跟你说些什么?"

医生的声音仿佛远处的汽笛声,撞得安男胸口发疼。

"你注意了,我现在背着的不是你妈,以后不要在我面前喊她妈。"

"为什么呢?"

曾我停下了步伐,抬头看了看天空,一架直升机从海边飞过,发出一声巨响。

"看,今天我另一个妈妈来找我了,从五百英里以外飞过来。"

母亲把脑袋靠在曾我的脖子上,闭上了双眼。

"安,医生会把所有的病人都当成自己的亲人。"

"妈,你今天话很多呢,说这么直白干吗?"曾我的嘴里一直嘀嘀咕咕的,他继续往前走,"这很奇怪吗?这就是我保持斗志的方法啊!加油吧,我一定会尽力的,不过如果这场比赛无法得分,就不能怪我哦。"

直升机最后停在了医院前面的草坪上,扬起一波尘土。

医院的护士们跑了过来,她们身穿白色的修女服,衣摆随风飞扬。

"医生!"

"好的,我知道了,这位也已经到了。赶紧准备推床,还有硝酸甘油、点滴!还有去甲肾上腺素、钙、安定片!"

安男赶紧跑到自己的车旁边,拉开后座的车门,把从大学医院带出来的资料拿出来,那一刻,他居然双腿发软地倒下了。

他觉得,曾我医生的声音越来越弱了。

第十四章 他可以救我的母亲

"快点快点！先赶紧救救他，搞不好他的心脏先受不了了，先给他一个空床打点滴！"

妈，往天国的这一百英里，我完成了。

## 03

安男躺在被太阳烤得炙热的砂石上，重重地呼吸着。那一刻，他看不见任何东西，也听不见任何东西。

这一百英里，他做到了。这并非逞强，也并非心中怀恨，只是他坚信这个方法一定是对的。

比赛结束了又怎么样？他得把母亲的心脏交给前线啊！

安男在地上翻滚着，随手抓起砂石就往嘴里塞。

他听到了护士靠近的声音。

"天啊，快点儿推床，他需要镇静剂！"

护士说完之后跪地抱着安男的脑袋，她脸上的微笑就好像圣母玛利亚一样。

"救救她！"安男拽着护士的衣袖。

"没问题的，放心吧。"

"救救她吧！救救我妈！"

"好的,请相信曾我医生。"

"救救她,救救她……"安男用脚踢着脚下的砂石,说了很多遍。

"你冷静一下,相信曾我医生,他是世界上最出色的心外科医生,他有一双起死回生的手。"

起死回生的手——这句话,仿佛成了他最有效的定心丸。

"我能够相信他吗?"

"当然啊,请一定要相信他,心诚则灵。"

车子尘土飞扬,跑过一百英里的轮胎依然热腾腾的。

"冷静一点,Open your heart。"

"Open your heart?"

"对,曾我先生常常说这句话。每次做手术之前,他都会对着睡着的病人说:'Open your heart。'"

平静下来以后,耳边环绕着阵阵潮音。

太阳渐渐失去了光辉,变成了橘红色渐渐消失在海平面。

Open your heart。

安男再一次嘴里念念有词。

这句话,仿佛一个咒语,把他体内仅有的力气赶跑了。

## 第十五章 先治牙

## 01

安男在昏迷中苏醒过来,看着病房的天花板发呆。

点滴快要打完了。护士悄悄地把病床抬高。

"窗外的风景好美啊,好像画儿里面的一样。"

波浪一阵阵地拍打着海岸,模糊的地平线,渔灯如星光点点般闪烁。

"我们医院所有的病房都能看到海景,美丽的风景也有疗愈的效果呢。"

护士的脸上总是笑意盈盈的,她美好的侧脸和窗户融为一体,看上去就像一幅美丽的风景画。

"这个医院的护士都是天主教徒吗?"

"不是的,这里的护士都是义工,人手非常紧缺。因为这里是天主教医院,所以我们才穿修女服的。"

护士面带笑容，说自己家是日莲宗的功德主。

"我们寺里的和尚前阵子也做了心脏手术，如今正在住院疗愈。"

护士的气质和她身上洁白的修女服十分相衬。

安男觉得整个身子都暖暖的，可能是因为打了点滴，他觉得很舒服。

"我母亲怎么样了？"

"她已经被送进病房了，曾我医生和其他医生正在开战斗会议。"

尽管这个说法有点儿夸张，但是"战斗会议"用在曾我医生身上确实挺合适。

"我刚刚发生什么事了？我只记得我把母亲交给了曾我医生。"

护士嘿嘿笑了，说："城所先生刚刚可吓人了。"

"怎么回事？"

"你刚刚太激动了，花了好长时间才平静下来，后来因为贫血晕倒了。"

护士口中描述的事情，安男是完全想不起来的。他只知道自己把母亲交给曾我医生，然后就晕倒了。

"现在感觉怎么样？"

"现在觉得没事了。对了，我想请教您一个事情。这里,该不会是天国吧?"

这个活泼开朗的护士听了哈哈大笑道:"肯定不是啊,这里是圣马克斯医院。"

应该不会吧——冷静下来想一想,他可以理解这件事情的发展,但是他感受不到自己六十公斤体重的分量,就好像那种人死了以后只剩下灵魂的感觉。

"可能是打点滴的缘故吧。"

"不清楚哦……"护士歪了歪脑袋。

"听曾我医生说,特效药是不存在的。药发挥效用,是人体力量越来越强大的缘故。换句话来说,人要有强烈的求生意志,药才会发挥效用。"

即便这里不是天国,但是却和其他医院不一样。这是一个不管是法律、道德,还是习惯、语言都和国内的其他医院截然不同的医院。

"这不过是葡萄糖而已呢。"护士摘下了针头说。

"想起来了,曾我医生说,等您醒来,要去牙科一趟。"

"牙科吗?"

"是的,他要您去看一下牙齿。"护士指了指自己的牙齿说。

"不用了,我没有时间去看牙。"

"那可不行,曾我医生特别吩咐我通知您这件事的。他说,门牙掉了,好运会跑的。"

安男惊呆了。他甚至已经不记得自己缺了一颗门牙这件事。难不成那颗门牙就真的意味着自己的运气吗?

仔细想想,门牙脱落的那天,正好就是他公司支票跳票的那天;而那颗牙之所以脱落,正是因为那段时间他忙着融通资金,到处忙碌,体重都掉了好几公斤,根本就顾不上去看牙。说不定,当时的他瘦得连牙床都萎缩了呢。

"缺了门牙真的不好看啦。"

"也是……"

他自然清楚门牙缺了不太好看。然而这两年时间,他不仅没有时间去看牙,而且也没有钱。

"可是现在不是已经过了挂号时间了吗?"

"这您不必担心,急诊那边有牙科医生的。大家不是这样说的吗?牙痛不是病,痛起来可要命。"

护士扶着安男坐起来。她似乎看出了他的心思。

"费用的问题您也不必担心。您带健保卡了吧?这边的牙科医生是不会给患者镶要自费的高昂牙齿的。"

"护士小姐,我母亲……"

"我跟你说啊,治好你母亲的关键地方就在于你要镶牙。这也是曾我医生的意思。赶紧去,沿着这条走廊往前走,急诊在前面一栋。你就跟前台人员报上名字就好了,今天的值班医生是……"

护士递给了安男一份医院的简介,然后打开了笔记本。

"今天的值班医生是长田医生。这里的很多医生,包括他在内,都像胡须张一样。他过去曾在美国留学,还是橄榄球队的,好像他之前还在苦恼是要当橄榄球队员还是牙科医生呢。"

"那么,看牙是不是会很痛啊?"

"怎么会呢?再痛也不会死人的。"

护士拉着他的手走出走廊。

那时候的医院很幽静,伴着大提琴音乐曲。

"城所先生,你要自己去面对哦!"

护士推着安男往前走,就好像推一艘小船到海面去。

安男隐隐可以闻到一股咸咸的海水的味道。安静下来后,除了音乐声,他还能听到一阵阵海浪声。他好像就坐在一叶起起伏伏的小舟上,听着天使在演奏大提琴曲。

安男在走廊上走着,感觉就像在经历一场梦。

这个医院没有一般医院所特有的冷空气,他一边走一边四处看,他很想知道不同之处在哪里,但是却找不到温暖的来源。

母亲在哪里呢?她那颗饱经风霜的心脏,此时一定能够在这座纯白庄严的建筑物的某个地方好好休息吧?

他走进了宽阔的电梯间,看了看墙上贴着的楼层简介。

这栋建筑物非常宏伟,主楼有七层,副楼有三层。他想,母亲大概在二楼的心外科吧,或许,她会暂时住在急诊科吧。

一名身穿浅蓝色修女服的护士从电梯间走了出来,微笑着和安男打招呼。有点儿年岁的她,看起来像真正的修女。

"您这是要到哪里去?"护士问安男。

透过厚厚的镜片,安男可以看得到她闪闪发亮的双眼。

"我母亲住院了,但是我不知道她现在在哪里。"

"她叫什么名字?"

"城所,城所绢江。"

"哦,城所女士马上就要去检查了,据说是她儿子从东京开车送她过来的,您就是她儿子吧?"

安男意识到,自己的行为已经成为了这个医院的谈资,但是护士的口吻中并没有任何嗔怪的意味。

"不好意思了,我太胡来了。"

安男羞愧地低下了头。他不知道周围的人对他的举止是怎么评价的,不过那确实是很冲动的行为吧。

"胡来?怎么会呢?您亲手把您母亲的生命带过来了啊。"

护士又笑了,她在胸前把双手合十,并轻轻将自己一边的膝盖弯曲。安男看见她浅蓝色的修女服上挂着闪闪发亮的十字架。

"我想请问,您是护士吗?"

"对呀,看不出来吗?"

"不,我还以为您是修女。"

这名护士或许常常被他人问起类似的问题,她回答道:"我是心脏外科的护士长,同时也是一名修女。您就放心把您母亲交给我们吧。"

"可是,她……"安男有些问不出口。

尽管知道这是个傻问题,但安男还是很想问——母亲会不会死,她能不能动手术。

"请您放心吧。虽然我没有办法保证您母亲的生命一定没有危险,但是您已经尽力了,那么就把结果交给主吧。或许您的母亲会得到主的关照,多给她一些时间……不管事情最后怎样,她都是幸福的。知道吗?"

安男冷静下来一想,他们到医院还不到两个小时的时间,医生肯定是还不确定母亲能不能动手术的。这个护士,则一直在鼓励着自己。

安男向她深深地鞠了一躬。

"您今晚得在这里住吧?我们医院有为家属专门建的公寓,过一阵子您可以到护理站这边来。现在,您先去牙科吧,往那边走。"护士长指着走廊的另一头说。

"嗯,我觉得现在不需要去看牙……"

"这可不行,曾我医生跟我们都交代了,您必须先去装一颗假牙。他是个天才,有时候是会说一些奇奇怪怪的话,不过他这么做一般都有他的道理的。明天早上,您再去找您母亲吧。"

护士长再一次双手合十,离开了。

## 02

安男慢慢地看清了这个与外面的环境格格不入的医院的真实模样。

他不了解经营这家医院的理念是什么。但是他可以看出,这跟人们一贯以来认为的不太一样——在日本,圣马克斯医院更像是独立出去的一个国家。

这个医院大厅的角落有公共电话。安男觉得,就算是在这里看见平日里经常可以看见的公共电话,也有一种说不清的奇怪的感觉。

他想,我是不是应该打个电话报个平安呢?但是,我要打给谁呢?

打给哥哥们?好像没这个必要。

打给英子?藤本医生?还是在路上资助自己的片山?或者是提供了车子的中西?

安男内心没有做好决定,但是不由自主地将电话打给了茉莉。这个时间她应该正好要出门上班吧。她大概坐在凳子前面,对着镜子梳妆,听到电话铃声响起后拿起了话筒……画面似乎近在眼前。

"喂?"茉莉的声音充满了鼻音,安男有些反应不过来,"是安男吗?"

此刻,茉莉的声音就像是一股清流。不管什么时候、什么地点,茉莉都是能让他安心踏实的女人。

"你怎么知道是我?"

"那当然了,因为我爱你啊。"

茉莉说这句话的时候很自然,一点儿也没有犹疑。或许这么多年以来,没有一个男人真正爱过她吧。这种情话对于她来说,已经像经文一般习惯了。

"你出发之后,我就一直在等你电话了。"

他相信,茉莉就是这样的女人。

"我们已经安全抵达了,我妈现在准备接受检查。"

"那真的太好了,医院感觉怎么样?"

"有点儿奇怪,这个医院。"

"怎么奇怪?"

"我也不知道该怎么说,这个医院里没有药味儿,护士也都是修女,即将帮母亲做手术的曾我医生看上去像橄榄球队的前锋。而且,橄榄球队的选手等会儿要帮我看牙。"

"啊,这些,没问题吧?"

"不会有问题啦,不用担心。"

茉莉好像等安男这句话很久了,听了以后,方才放心地吁了一口气。深呼吸之后,从她的声音听得出来,她在哽咽。

"安男,我真的好爱你,真的很爱很爱,我都不知道该怎么办好了。我一直都在想你,不管是走路、吃饭、上洗手间还是在店里,我都在想你,做梦我也能梦见你呢。"

"谢谢你,我真的觉得很幸福。"

"你是在骗人吧?"茉莉在电话的那头大叫,"你怎么可能会觉得幸福呢?公司破产了,欠债累累,身边没有一个人管你,然后我又丑又胖又穷,你根本就不喜欢我的。"

"不会,我喜欢你。要是不喜欢你,我也不可能跟你在一起两年。"

"你又骗我!我自己心里有数,你爱的是你太太,而且她依然爱你。"

"不,你发生什么事了?冷静一点儿。"

"我?安男,你不要生我的气……"

"我不会生你气的,发生什么事了?"

"我之前见过你的太太。"

安男忽然有一种吞下了铁块的无奈之感。茉莉见过英子了——这两个绝对不可能见面的人相见了,这两个没有必要见面的人相见了。

"你听我说,先不要生气。"

安男没有说话,他觉得自己无法冷静,而茉莉的声音就好像湖水一样平静。

# 第十六章　怎样才能让你幸福

## 01

安男,我真的好爱你哦,真的很爱很爱,我都不知道该怎么办好了。

即便安男的公司破产了,没有钱了,没有人喜欢你了,我还是很爱很爱你,那个程度就好像别人讨厌你的程度那般。

我一直有一种信念,爱一个人就要让他幸福。所以,我会想着怎样才能让你幸福。

当然了,你过去的那种幸福我是给不了你的。单凭我一个人微薄的能力,没办法让你翻身。但是我可以给你很多小小的幸福,像是给你做好吃的,给你刷刷背,给你掏耳朵……或是偶尔做些舒服的事情。

很抱歉,安男,我能做的事情不多。要是我能够再年轻漂亮一点儿，或许就可以为你做更多的事了，但是我并不年轻漂亮。

所以我只能为你做这些了，好丢人啊。

你知道吗，我年轻的时候也曾很受欢迎呢。不过那是二十年前的事情了，二十年前了。我不敢告诉你自己真实的年龄，因为你一定会吓到的。没关系，胖子不会老的。

那时候，我能够为我爱的人做很多很多事情，后来他们都过得好了，不需要我了，所以就离开我了。但是没关系，因为我就是想我爱的人幸福啊。

我已经在想，我还能为安男做点儿什么呢？我想了很久，于是就打算去见你太太。

不对，抱歉哦，她已经不是你太太了，我应该称呼她为"英子小姐"。

我并没有吃醋，你不要误解。我一直都深知，你还是爱着你太太的。不对，是英子小姐。真的，我都知道。

我最明白了，能够和自己爱的人一起生活，才是最幸福的事。所以我想去拜托她，能不能重新考虑你们的事情。

你想问电话号码怎么来的对不对？不好意思，我看了你的汇款单。

我一直在考虑应该怎么说，怎么跟英子小姐说，让她答应重新考虑你们的事，我想了好久好久。

尽管我这么做挺奇怪的，但是我真的很想为安男做点儿事情。除了我，没有其他人会帮你这个忙了。

我们约在新宿的咖啡馆。一路上，我不停地为自己加油打气，一直给自己加油。

你想问我们说了什么？

我当然不可能照实说啊。

我整个人懒懒地靠在沙发上，点着了香烟，第一句话就说："嘿，你就是安男的前妻啊？"

哟，你过得很好嘛！我不怕告诉你，你身上穿的衣服，孩子们的生活费，甚至连你车子的加油费，都是我给的钱啊。

以前安男生意好的时候，在我身上花了不少钱，我还挺感激他的。现在他穷了，我就给他饭吃，替他洗洗衣服什么的。不过这也有点儿太过分了吧，他居然把他所有的工资都拿给你了，我就算再善良，也会受不了啊。两年了，你知道吗？

我当然并不是想追回他在你身上花的钱，不过，你赶紧把他接回去吧。要是我把他赶出去，他可能连口饭都没得吃，更别提有钱给你了。所以，现在有个两全其美的方法，就是各归各位。

我不管你怎么骂别人的，但是你没有一点儿资格可以骂我。因为，在这两年里，都是我在养你和你的孩子的。

所以，过去的事就让它过去吧，这两年，就当我在做善事。

反正，你赶紧把他接回去，随便你要不要跟他复合。你现在这样子，也没什么资格挑三拣四了吧，尽管他就是个浑蛋，但是好歹他还能赚钱养活你们啊。要是还不够，你也可以出去工作的。离婚了住在一起也没问题啊。反正我受不了了，你要是不同意，我就把他赶出去。你可得好好想一想，要是我把他赶出去了，你可就收不到钱了呢。

安男，你会生气吗？

你知道吗？你太太啊，居然跟我道歉了。

她说，安男给你添麻烦了。

她真的很漂亮呢，一身的名牌衣服很衬她的气质。要是穿黑色套装的是我，看上去恐怕像是要去参加丧礼的吧。

你说我笨？

才没有啦，我是想让自己爱的人更幸福啊。

我是不是太啰唆了？对不起哦。尽管我觉得自己并不笨，但貌似我确实多管闲事了。

她长那么漂亮，离婚两年了有人追也不出奇啊。不过她已经答应我，她会跟你复合的，估计她跟那个男人应该会分手吧。

求求你了，这件事就不要再问她了。因为你这两年不也是和我在一起吗？所以，就算英子小姐这两年做了什么，都不要计较了好吗？

对不起啊，亲爱的。

还有一件事，关于你的孩子的。我一直在想，我之前不是跟你说过我的身世吗？我的亲生母亲带着我改嫁后不久就过世了，后来继父娶了继母，还生了他们的孩子。所以，我的家人都跟我没有一点儿血缘关系。你明白吗？一家人都跟我没有关系。

有一个秘密我一直藏在心底，你想知道吗？我偷偷告诉你哦，我的初夜就是给了我的继父。

所以，就算他最后又结婚了，每一次喝醉了还是会到我的房间里，用猫一样的叫声叫我："茉莉子……茉莉子……"

所以，我最讨厌下雪天了，我也最讨厌安静的晚上。每到夜深人静，我就会想起那个人。

某个下雪天的晚上,继母看到继父和我睡在一起,把我拉起来狠狠揍了一顿,然后把我赶了出去。然后,我就带着母亲的牌位、学校的制服还有一点点零钱,出来了。

我不想让任何人发现,于是我就自己到学校去等天亮。天亮以后,我和班里每一位同学的课桌说了再见,然后自己去坐第一班火车。

这些事情,已经过了二十五年了。

在火车上,我靠着窗户,想起了很多人。

我想起那个男人,他为什么要那样对我呢?他已经重新结婚了,为什么还要跟我做?

是因为,我长得像我的母亲吗?

当我这样想的时候,我就跑到火车的末端,对着漫天大雪大喊:"谢谢!"

是"谢谢"哦,不是再见。

我发自内心觉得高兴,因为我爱我的母亲。我从来没有为我的母亲做过任何一件事,如果可以代替母亲和她的男人在一起,我会真的感谢他。

但是,我太了解没有父母的那种感觉了。我很怕万一有一天英子不在了,安男的孩子要交给其他人抚养,那就太可怕了。很有可能,安男的孩子会遇到像我那样的事情。我一想到这一点，就害怕得浑身发抖。

安男，你还那么健康，不管生活再怎么窘迫，都不至于到死的地步，所以还可以一直一直陪着你的孩子。

我离开老家的那天，跟所有人都说了谢谢。无论我经历过什么事情，说到底，我还是幸福的，我得谢谢所有人。

人生啊，当自己幸福的时候，当然要学会感恩。所以，为了自己爱的人，我什么事情都愿意做。即便他不爱我，但是我爱他啊，我还是要谢谢他。

只有被爱不算幸福，爱人也是一种幸福啊，我的心里每天都会有小鹿乱撞。

安男，你要原谅英子的任性。因为你爱她，所以你也要和她说谢谢。

还有，你要多亲亲她，多抱抱她，就像你以前对我那样。不对，你要比对我的时候更用力一点儿，因为你深爱她。

安男，我爱你。这辈子，再也不会有一个男人让我这么倾心了。

对不起了，我真的好啰唆，一点儿忙都帮不上。

安男，怎么了？

你别哭啊，说话啊。

快说话嘛……

## 02

"我爱你。"安男嘴唇发颤地说。

电话的那一头忽然安静了起来,茉莉屏住了呼吸。

"你说什么?"

安男双手握着话筒,又说了一遍:"我爱你!"

那一刻,茉莉忽然像个孩子一样欢呼道:"谢谢你!"

"茉莉,我是认真的,并没有在欺骗你。"

"这种事不重要啦。谢谢你,安男,我会永生难忘。哈哈,我太开心了,真的,我太开心了!那先这样哦,晚安。"

安男还没来得及说话,电话就被挂了。

在遥远的他方,到底发生了什么事情?

安男握着话筒,久久不能平静。

# 第十七章　父母的心愿

## 01

"你这门牙太严重了吧?尽管我作为一个牙医说这种话不合适,但是你的牙齿缺失得太夸张了。还有,牙医有那么可怕吗?嘴巴张开!"

满脸胡子的牙医让人不禁想到钟馗,而且他说话的声音非常低沉浑厚。然而,即使这里是急诊,穿背心裤衩……也不太合适吧?

"我先告诉你,在我这里看牙是不会痛的。日本的医生老是让病人忍着疼,但是在美国,只要病人觉得疼了,人家就会觉得你是个庸医。所以,就算是拔牙,也是可以全身麻醉的,你需要吗?"

"全身麻醉?不需要了,这听上去比牙痛还要可怕。"

牙医戴上口罩开始准备看诊,他粗壮的手指在安男的口腔里按压着。

"在日本,不仅仅是牙医,好像看什么病都会痛的样子……是不是因为价格便宜,所以病患就不会抱怨了?你把嘴张开!"

"国外留学读牙科的人很少吧?"

"留学?没有,我就是在那里长大的。你知道肯尼迪总统被暗杀的那个地方吗?就是达拉斯,我们家在距离达拉斯一百五十英里左右的地方。我父亲很奇怪,他原本是白领,后来拿了绿卡就辞职了,然后举家搬迁到达拉斯。你知道我当牙医的原因吗?"

安男希望这位医生在看诊的时候可以少说一些话,不过他又不得不承认,这位医生确实拥有高超的技术。

"首先,我们村没有牙医,只有棉花田。小孩在那里就好像玉米或者向日葵一样,只能解决温饱问题。如果牙齿出现了问题,得到达拉斯去看诊。其次,我父亲满口都是蛀牙……喂喂喂,你不要笑啊,嘴巴张开!"

牙医顿了顿,继续说:"但是,当我考到了牙医执照以后,我回到老家的村子,看到以前老是欺负我的那个鲍伯居然也当了牙医,而且执业比我早,还把我父亲治好了。早知如此,我就果断去打橄榄球。后来我就在纽约晃荡,直到接到曾我医生的邀请。你这个牙齿啊……对了,你是和别人一块儿来的吗?你会在这里待多久?"

安男盯着天花板发呆,也不知道该怎么回答这个问题。

"我是带我母亲过来看心脏的,不过,我现在还不知道她的情况能不能接受手术……"

"是曾我医生让你们过来的?"

"也不是,是我们自己想过来看看的。"

"肯定没问题的。"牙医认真地说,"曾我医生很有信心的,他不会只是帮你们看看而已,既然让你们过来看了,肯定没问题的。"

安男闭上了眼睛,尽管牙医这段话只是闲聊,不过还是鼓励了他。

"真的吗?"

"不知道,不过我这个人就是这样想的。但是,既然他让你装假牙,不就说明他要做手术吗?"

"他说,没有门牙,好运会跑的……"

牙医扯下了口罩,哈哈大笑起来。

"看吧,他就是决定要动手术了。不过,他说的话也对。"

"真的吗?"

"人怎么能没有门牙呢？没有门牙，连呼吸都会不畅通，而且不能用力，的确也影响美观。没有门牙，好像在告诉别人我很穷一样。那种人——你别误会，我不是指你——我是想说没有门牙，很难找得到好工作、好姻缘，也不会得到什么好机会，对吧？那你说说看，没有门牙是不是影响很大？你会喜欢上一个没有门牙的女人吗？"

牙医沿着牙床处理蛀牙，然后拿起假牙认真比对。

"是这样的，我先把这个暂时安置在你的牙床上，这几天你注意一点儿，不要咬硬物。等你母亲的手术完了，我就帮你镶牙。"

安男一直有个难言之隐：镶牙到底需要多少钱呢？这是安男第一次镶牙，他没有任何概念。

"医生，不好意思，有个事情……"

"什么事情？费用问题？"牙医一边处理着假牙，一边问。

"不好意思啊……"

"这有什么，难不成你是因为钱的问题所以一直没有镶牙？我觉得没钱一点儿关系都没有啊，没有门牙才关系很大吧？"

"是的，您说得有道理。"

"你是想问镶牙要多少钱?"

"对啊,就是想问多少钱。"

"不用担心啦,你是要当演员吗?"

"什么?"

"还是要当歌星?"

"这怎么可能呢?"

"难道你是想和朱莉娅·罗伯茨接吻?"牙医一边帮安男装假牙一边逗着他玩儿,接着自己哈哈大笑起来,"既然没有这回事,那么就不需要镶一万美金的牙齿了,五百美金就够了。不过,五百美金对于穷人来说也是一笔大数目吧?到时候和你母亲的费用一起结吧,行了,今天就到这里。"

诊椅的灯光灭了以后,牙医笑着看安男。

"我明天也想问问这个问题的,就是……关于我母亲的医药费。"

"不用担心了。"

"但是……"

"你要知道,这家医院根本就不赚钱,而且这里没有一个医生贪钱,大家一心都在救死扶伤上,难道这不是最重要的吗?"

"这听上去很像是电影里才会出现的对白。"

安男笑着说，牙医伸出他的大手，想要和安男握手。

"这是我们医生该做的事，也是我们的荣幸。医院要一直经营下去，你知道什么事情是最重要的吗？不是给病人镶一颗一万美金的牙，而是帮你这样的患者镶一颗五百美金的牙。就是这点，我们跟鲍伯不一样。"

虽然这个牙医有点儿啰唆，但是他的话却在不断地给安男希望。或者，这也是他需要的治疗过程之一吧。

"你说的鲍伯，他帮梅尔·吉布森镶牙了吗？"

"并没有。不过他好像有写信到他的经纪公司。我父亲在过去上班时的人脉的支持下，把农场经营得很好。他帮我父亲镶金牙，一颗收了他六千美金。真是搞笑，这个年代还有人镶金牙吗？他在村子里开了一家牙医诊所，还有一家汽车旅馆，成了整个村子家喻户晓的名人，每天西装革履的。我本来想为了金牙的事找他打架，后来想想，还是算了。我就对他说：'你给我爸镶的那颗金牙够你买凯迪拉克的后车窗了，你得好好保养它。'——行了，今天就到这儿吧，反正我和他不一样，我帮人家镶牙也不单纯是为了美观，也不是用来接吻的，是用来吃东西的。所以，放心吧，没问题的，这个医院还有社工帮患者服务。"

诊疗室外有患者在等候着，脸上敷着冰毛巾。

## 02

走在回主楼的路途上,安男在走廊边上停了下来。迎面是徐徐的海风,他看着远方的渔灯发呆。

他在思考。

要是母亲不是现在才遇到这种状况,而是在自己过去还风光的时候遇到这样的事呢?那么,自己会怎么做?自己是不是会像哥哥姐姐们那样,选择内科的保守治疗,静静等待数月,甚至只是数星期后的噩耗,而不会像现在这样历经磨难,送母亲过来做手术?

也许真的会那样吧。生活优渥而幸福的自己,为什么不去考虑病危的母亲?原因是什么?

因为自己的幸福已经和母亲无关了,母亲甚至不算是家人了。

但是,在母亲过世以后,他依然会哭,不过不会因为自己没有竭尽全力去救她而哭。他或许连一个能让母亲活久一点点的办法都懒得去想,只会感慨生命的无奈:这就是母亲的宿命。他会安慰自己,他已经尽力了,但也于事无补。

海面上闪烁着的盏盏渔灯,好像母亲正在消逝的生命。

现在,自己整个脑袋都想着如何救母亲。这不是一种意志,而是在祈愿。他可以为母亲做任何事情,甚至牺牲自己的生命。毫不夸张地说,即使让他一命换一命,他都愿意。

"安,你这也太夸张了吧?"

安男的耳边似乎出现了父亲的声音。

"不夸张啊,我不过是想把她给我的还给她而已。"

"你母亲没有想要你还给她什么。"

"可是谁想死啊,你当初也不想死的吧?"

"是啊……"

安男在走廊上可以看见自己在月光下的倒影,有点儿驼背,肩膀有点儿斜,显得脖子很长。母亲说,他的身形和父亲一模一样。

"安,你知道吗?父亲去世了以后,如果你或者你的哥哥姐姐们其中一个说出这样的傻话,我一定会骂你们呢。"

"这是傻话?"

"你也是当了父亲的人了,应该要清楚,如果自己的小孩这样说,该怎么去回答。你不能说:'谢谢你们救我。'"

这个道理他明白,但是他想救母亲的心是绝不夸张的。如果老天爷可以答应他一命抵一命的请求,他可以立马死去。

"爸,有件事我没想明白。"

"怎么了?"

"我当初风光的时候,没有考虑过妈的事。只是在她生日或是母亲节的时候,让我老婆拿点儿钱回去表表心意,问候几句罢了。"

"能这么做也不错啦,你也确实很忙嘛。"

"但是我并不忙啊,我只是因为怕麻烦,所以假装很忙而已。"

"也不要紧的,如果觉得爸妈已经给你带来了麻烦,说明你已经独立了。你的妈妈也知道,她每天都会跟我说,孩子们都已经长大成人了。这样就挺好的,爸妈不想给孩子增加负担。"

"她怎么想我才不管。我是想知道,为什么我过得幸福的时候不会想起她,潦倒了反而还……"

"因为贫穷也有它的可贵之处啊。只有穷人才更能体会那些无法用金钱买到的东西。"

安男想起母亲曾经在车里对他说过,用金钱就能买到幸福。

"妈一直希望我有钱,难不成她希望我富有了,然后忘记她?"

"对,就是这样。因为你现在贫穷,所以清楚世界上还有用钱买不到的可贵的东西,但是这并不是你妈希望看到的。与其让你倾尽所有去救她,你妈肯定更希望你做那个忘记她的有钱人。"

这就是母亲存在的全部意义。

"你可以答应我一件事吗?"父亲的身影在海面上移动,最后在草坪上侧卧了下来。

"我走得太早了,你妈因此吃了好多苦。你知道吧,她的一生几乎没有经历过幸福。"

"知道,我们都知道。"

安男本来想告诉父亲,母亲连唯一一次恋爱都放弃了,不过,话到嘴边,他还是没有说。

"所以,不管怎么样,你都要救救你的妈妈。然后,让你自己成为一个用金钱就可以买到幸福的人,完成她这辈子的愿望,可以吗?"

"我已经不可能了。"

"怎么会呢?你妈独自一人都能把你们几个抚养成人,这比起你翻身的难度大太多了,好吗?安,你想想,是你们的母亲让你们的人生出现了奇迹。她一个妇人，独自努力让你们几个长大成人，这可不是随便哪个有钱人就能做到的事。"

"我已经破产了。"

"那又怎么样？你妈妈的辛苦你了解多少？你说你都知道，其实你根本不知道。这不是你能不能做到的事情，而是你必须做到的事情。你必须让自己过得好起来，听到了吗？你现在要做的，不是放弃你的生命去救你的妈妈，而是要带着她去过更美好的人生。了解吗？加油！没问题的。"

天边飘过来几朵云，把月亮给吞没了。

安男踢了几下石头，在心里喊着他的父亲。

# 第十八章　原来我真的错了

## 01

安男去护理站拿了地图和钥匙,往家属公寓的方向走去。这是一条松树林间的小路,公寓就位于海岸与道路之间。

"城所先生……"

远方有一件白大褂靠了过来。有那么一瞬间,安男以为自己看到了什么不该看到的,然而并不是。

"我明明已经跟护士说了,让你从急诊出来之后先去我那里,这些人简直太不靠谱了。"

说话的人是曾我医生,他朝安男举起了手中的一袋罐装啤酒。

"你一定还没吃饭吧?"

安男已经把吃饭这事给忘了。

"正好,我带了一些住院病人的剩菜,不介意的话一起吃。你别小看我们医院的饭菜啊,这些材料都是从鸭浦渔港直接送过来的,真的是全世界最好的食材了。"

曾我医生穿着凉鞋,白大褂衣摆在摇曳间,可以清晰看到他粗壮的小腿。

"我去看了牙医了,也装了假牙,不过是暂时的。"

"我看看。"曾我医生盯着安男的嘴巴问,"今天是哪个医生值班?"

"长田医生,脸上有胡子那个。"

"哦,胡须张啊。他技术很棒,手脚也很利落——对了,老妈很担心你哦,你的公司那边怎么样?"

这是他们相识的第一天,但是曾我医生却用一种对待老朋友的态度和他说话。

这是美国文化吗?应该不是,只是他的性格就是如此吧。

"我已经跟老板请假了,反正我也不是什么重要角色,他也很能体谅人。"

安男一想到曾我医生可能是来通知自己母亲的情况的,就越发觉得忧伤。

"医生,是不是我母亲她……"

"放心,她还没死。"

安男停住了脚步。

"怎么了？她一直在跟我说你的事呢，她说，要是你着急回去工作，就先回去好了。你觉得呢？"

"不用，我不用回去。什么时候做手术啊？"

"再观察两三天吧，幸亏她的心脏机能并不差。对了，她什么时候开始有狭心症的？"

"她……之前也进过好几次医院了，要是医院能早点儿让我们过来就好了。"

曾我医生歪着脑袋，似乎在回想病历上的资料。

"心外科是春名教授在主持吗？"

"是的，他之前也跟我们说明过病情。"

"他说不能动手术，家属也是没办法的。不过他应该是经过深思熟虑的，先让内科调理一下，状况能够改善的话再手术。不过这确实很难，让他动手术确实动不了。"

他充满信心地笑着。安男知道，只有眼前的这个人才能救母亲。

"内科是哪个医生？"

"藤本医生。"

"藤本医生？这个人我没听过。不过我看资料，觉得他应该是个很好的医生。藤本、藤本，不错，以后想办法挖到我们医院来好了。不说春名教授，你要好好谢谢这个藤本，换成其他医生，可能老妈得死好几回了。"

"真的吗？"

"对啊，他用药很准确，把数据控制得很漂亮，像个贴心的御医，让母亲好好地活了下来——安，你干吗啦，你把钥匙给我。"

安男甚至都记不起藤本医生了，他站在公寓前面，回不过神来。他一直觉得，是凭借着自己一个人的力量带母亲走完这一百英里的，看来情况并非这样。

"医生——"

"有什么问题？"

安男无法正视曾我医生，也说不出一句话来，只是低着头听着波涛的声音。

## 02

医生，我真的错了，我现在终于明白了。光凭我一个人的能力，是无法让母亲撑到这里来的。

我一直都不知道，原来藤本医生帮我母亲撑到了现在。这段日子，藤本医生肯定是没日没夜、寸步不离地在照顾母亲。

所以那天送我们出发的时候,他才会说:"如果曾我先生无法动手术,我会亲自去接你们回来,而且不会再把您的母亲交到其他医生手上。"

要是母亲真的无法手术,藤本医生一定会来,而且他会尽心尽力继续照顾母亲,直到她生命的最后一刻。

这漫长的一百英里,通往天堂的一百英里。我完成了之后,简直觉得自己创造了个奇迹。

然而并不是这样,也没有什么奇迹,是大家的力量在支撑我们走完这一段路。

社长给了我假期和车子;茉莉给了我鼓励;片山甚至把他的整个钱包都给了我;路上遇到的司机为母亲关掉冷气,宁可在大热天吃饭吃得汗流浃背,也要给我们加油打气。

世界上并没有什么宿命,而是因为汇聚了大家的力量,我才能顺利走完这一百英里。这段路程,缺少了谁,都无法走完。

哥哥、姐姐、英子、孩子,还有我从来没有见过的父亲,都在支持着我。正是因为有他们,我才能走完这一百英里。缺少了他们任何一个人,我都无法站在这里。

最后,安男有一句无论如何都想说出来的话:"曾我医生,要是我的母亲能够被救活,我一定好好重新做人,一定会过得好起来。"

## 03

公寓大概只有十平方米左右的空间,曾我医生打开窗户,又打开一罐啤酒,递给安男。

"这里像是一个学生宿舍。"

曾我医生盘腿席地而坐,然后从塑料袋里拿出食物。

接着,曾我医生说了一个关于大海的故事,不过安男没有听进去。

"其实哦,很多鱼都是有心脏的,比如鲔鱼、柴鱼这些鱼类。心脏是输送血液的。人类的心脏大约一个拳头这么大。"

曾我医生在胸前握着拳头比画着。他的手小小的。

"这么小啊。"

"是啊,它虽然小,不过用处很大。每一分钟,心脏就会给身体输送五公升的血液,也就是说,每一天将会输送七千二百公升。血的重量比水重一点儿,换算起来大约八吨吧。"

"八吨?"

"对。而且你知道吗,动脉血液从左心室出发,循环全身回到右心房,整个过程只需要二十秒。二十秒就可以完成氧气和营养的运送。"

"二十秒……"

"是啊,难以置信吧?我一想到自己的身体居然这么厉害,就觉得很神奇。然后呢……"曾我医生左手握着拳头,右手握着一支红笔,"心脏本身也是一个需要血液来维持运作的器官,冠状动脉就是承担这个责任。它就像国王的皇冠那样绕着整颗心脏,就好像这样子……"

曾我医生用红笔在拳头上描绘血路。

"当胆固醇在血管的内部累积的时候,就会导致冠状动脉变窄,血液运行不顺畅,再严重一点儿就演变成狭心症了。血块一堵在这里,血液就过不去,这样就会导致心肌梗塞,心肌梗塞会导致心脏坏死。老妈现在狭心症很严重,血管许多地方很窄了。应该说,整个冠状动脉都很细了。藤本医生一直在想办法控制她的血糖和胆固醇,用华法令阻凝剂阻止血液凝固,再加上硝酸甘油这种血管扩张剂,去改善狭心症。其实内科治疗是需要很大勇气的。要降低血糖值,控制得不好会导致血糖不足;要使用华法令阻凝剂,控制得不好会导致脑出血。而用这些药物还会给肾脏造成负担,所以还要很小心翼翼才行。要只是较轻的狭心症,就可以放气囊或支架,这方面确实是春名教授的特长。这个技术我没有把握,他可以说是日本的权威。首先,气囊疗法要在狭窄的部位放置子囊导管,再让气囊膨胀起来;其次,把线圈或者支架移入狭窄部位,确保血管内腔空间,也就是支架疗法。因为老妈的冠状动脉都太细了,这样的方法已经起不到作用了,只有最后一个办法——"

曾我医生把左手的拳头松开,打开了一罐啤酒。

"喝吧,不用客气,你还能喝的吧?"

"好的,那我就不客气了。"安男喝下了第二罐啤酒。

"吃一点儿生鱼片吧,可不是每家医院都有这个吃的,这是刚捕捞上来的呢。医院伙食的基本原则就是高蛋白、低卡路里。"

"你能动刀子吗?"

"什么?"曾我的脸上带着微笑,嘴里吃着食物,"你是想问我能不能做手术,对吧?可以啊。不仅仅是春名教授会害怕,换成谁,看到了老妈的 X 光片,都会害怕的。而且他们会拒绝也很正常啊,但是我不一样,我会一直说'好',我连说了三个'好'呢。"

"连说三个?"

"需要我说明一下手术过程吗?"

第十八章 原来我真的错了

"好的，麻烦您尽量简洁易懂一些。"

"没问题。"曾我再次握起左手，"首先，我们要沿着冠状动脉做一个可以让血液流通的新的通道，这就是冠状动脉绕道手术。因为动脉硬化或者狭窄的地方过多，只能用这个方法。我是这么打算的，先从下肢取出下肢大隐静脉……"

"从下肢？"

"是的，从下肢。然后呢，开胸，剥下锁骨后方左右各一段的内乳动脉，因为可能两端都有用的，还有胃的网膜动脉。"

"胃？"安男下意识地捂住了自己的胃。

"是的，就是把血液输送到胃的动脉。将这条动脉剥下来以后，让它经过横膈膜直达心脏。血液有了新的通道，老妈的心脏就恢复功能了，而且原来的血管也可以得到休息。心脏依然可以一分钟送5公升血液，一天还是可以输送7200公升。你觉得怎么样？"

曾我医生咕噜咕噜喝下了整罐啤酒，对着窗外笑。

这是个什么样的人？

在一百英里外等待他的，到底是什么人？

月光倾泻在他纯白的医生褂子上。

"安，告诉你啊……"曾我叫着安男的昵称。

"我今天听她讲了差不多一个小时，连镇静剂都没有用，她一直很兴奋地在跟我说你的事情。"

"说我什么了?"

"她说泡沫经济结束以后,你的公司也破产了,说你最后想到跟别人借一辆车送她到这里来,真的很棒。"

母亲到底跟他说了什么?他的脑子中忽然浮现出母亲抓住医生的白大褂的袖子,事无巨细地说起了小儿子的事情。

"她好像一直很担心你。"

"她觉得自己不能就这么把孩子丢下死掉吗?"

"你是不是傻啊?她说,其实她不管死活都无所谓的,但要是她死了,安男这辈子就完了。要是她能继续活下去,安男才有机会过得更好。所以她拜托我,一定要救活她。你刚刚在那里不也跟我这么说了吗?说要是母亲能被救活,你也会跟着站起来,日子以后才会过得更好。那时候,我真的快哭出来了。"

"医生,谢谢您。"安男此时只能把自己的心里话说出来。

"我不喜欢医生。我过去还在医学院学习的时候,越来越讨厌医生。那些医生一个比一个贪婪,每天还穿着白大褂在医院假惺惺地巡诊,真是可笑。我这个人没什么教养,看到那些人我心里就生气。我最讨厌的就是权威了,要是想赚钱就应该去做买卖。我什么都不想要,我只想治病救人,我想让那些即将逝去的生命多活一些时候,哪怕一分一秒都好。你不用跟我说谢谢的,我也不喜欢人家跟我说谢谢,只有那些所谓的权威才需要被感谢。与病痛做敌人是人类应有的权利,也是医生的权利。"

"难道不是义务?"

"不,因为喜欢所以去做,就叫权利。所以,请允许我帮你母亲做手术吧。"

安男那一刻,意识到了医生居然在咨询自己的意见。

他就是神。

不仅仅是简单的拥有神来之手的医生,而是真正的神。

神继续淡淡地说:"我从小就没和父母在一起,是被其他长辈抚养大的。所以不管在学校还是在家,我都过着被人欺负的日子,也是一个爱哭的胆小鬼。现在也一样,到了动手术的时候,我就特别害怕,压力大得失眠。所以每天这么动手术真的吃不消。我有一个团队,每天要做好几个手术,差不多一年就有一百五十次,是国内第一,可能还是世界第一。当然,我还是会害怕得不得了。不过我平时不会说,希望你能够明白。我确实是因为热爱才去动手术的,但不是因为开心。我是救人的医生,不想把这事只是当成义务而已。如果不把它当作我的权利,很可能病人就活不下去了。坦白说,母亲的手术难度很大,但是我依然会做,因为我是救人的医生。安,你能理解吗?"

# 第十九章　手术

## 01

我明白了。那你会一直在那边吗？你有好好吃饭吗？

妈妈的手术是安排在明天吧？没有，我没能和妈妈说上话，我是怕她胡思乱想，我问了护士才知道情况的。

不好意思，电话打扰到你了吧？或许你会觉得我这个人爱管闲事，但是我此刻真的没办法冷静。

我的确很担心妈妈的身体，也对你的事业一直很挂心，我打电话去公司，他们说你一周没回去了，社长也很担心，你记得有空给他打个电话。

你需要钱吗？我今天给你的账户汇了一笔款，不过不多。

千万别自己撑着，如果医药费不足，你和哥哥姐姐们商量一下，要是不好意思，我去帮你开这个口。

很抱歉，我没能帮上你什么。要是有哪些地方我能帮上忙，尽管告诉我。

孩子们都挺好的，孩子们都挺想你的。

安男，我告诉你，或许你觉得我打电话说这些很奇怪，但是你可以认真听我说吗？

关于将来，我和孩子们商量过了。不对，应该说，两个孩子商量后过来告诉我，他们说有事对我说。

我是说真的，我也不知道两个孩子在房间里做什么，想不到他们会郑重其事地过来对我说，说他们很想跟爸爸住在一起，一家四口住在一起。

我惊呆了。我以为孩子们不懂事，平日里也看不出什么端倪，想不到他们心里什么都明白。

儿子还在笔记本上写了规划，一字一句读给我听，我现在念给你听：

一、等奶奶康复了，我们就搬到石神井的公寓去住。奶奶、爸爸、妈妈还有我和妹妹一起住。

二、我和妹妹不想补课，也不想学钢琴了，放学后或者周末，我们就到图书馆去读书。

三、妈妈去超市工作，我们全家一起轮流做饭。

四、把车子卖掉，不需要的家具就卖给二手商店。

五、爸爸和妈妈把烟戒了。

你知道吗,他们还没有全部念完的时候,我看着他们严肃认真的表情,就已经抑制不住泪水了。妹妹本来也想哭了,哥哥就鼓励她说:"咱们不是约好了吗?要加油。"

有件事你可能不想知道,但我想对你说,而且无法当着你的面说,也不想再说第二次了。

我跟那个男人,已经结束了。

为什么?因为我觉得,只要我还有一点点自尊,就不应该继续下去。

过去我就是因为有些寂寞了,所以跟他在一起。其实我不该告诉你的,也不该把孩子牵扯进去,这一点我会好好反思。

我心里知道,这段关系是不被允许的,也不应该继续下去,但是那种感觉,竟然像毒瘾一般戒不掉。

现在我太不喜欢自己了,离开了你,还跟你要那么多生活费,不过都是为了两个孩子的生活。但是那件事不一样。那件事,我做得很自私。

公司破产的时候,我只想要保护两个孩子。坦白说,我几乎都没有考虑过你。那时候场面太乱了,我顾不上太多。我心里只有一件事,不能因为破产的事影响到孩子。

其实那段时间我并没有回娘家,不过我去石神井告诉过母亲。妈妈对我说，即使迫不得已要离开安男，但是不能放弃两个孩子。

她说，她独自一人把四个孩子拉扯大了，你就两个，没问题的。

但是我太依赖你了，太相信你了。而且，我没有妈妈那么坚强。

你可能会觉得我很天真，但是我真的不了解原来你生活过得那么差。你过去那么风光，我就误以为你还是有办法负担我们几个的生活费的。很抱歉。

妈妈从来没有偏心，我去石神井看她的时候，她会告诉我不要心软，还会问我，你有没有按时给我钱。

其实她心里跟明镜似的，她太伟大了。

她也知道，让你给我们钱，是你和孩子们联系的唯一方法了。她知道，什么事情对于你来说才是真正的幸福。

一个叫茉莉的小姐来找我，她告诉我，这两年你一直坚持给我们生活费，然而自己是过着怎样的生活。

虽然她的口气很糟糕，但是我还是听得出，其实她很爱你。她很爱很爱你，爱到不知道该怎么做才更好。

女人真是温柔的代名词啊，尽管我不算。

茉莉小姐一定想了很久，要怎么做才能让你更幸福。

她来见我的时候态度很蛮横——不对，她是装出一副态度很蛮横的样子。但是她一直泪眼汪汪的，中途还跑到洗手间好几次，回来又开始假装耍横。

你爱她吗？如果你爱她的话，要不就别管我们了，让她幸福吧！孩子们这边，我会好好解释的。

但是如果你不爱她，你就不能再这么做了。过去发生了很多事情，但是我还是希望未来可以实现孩子们的愿望。

我不知道自己到底爱不爱你，想必你也一样。

要是你一辈子都不原谅我，也不要紧了，因为我应该也不会原谅你。

但是安男，有一点你必须考虑清楚，现在有多少人因为我们而不幸福。难道我们还要继续这样给大家造成困扰吗？

时候不早了，先不说了啊。

你有在听吗？

手术一定没问题的，我会为妈妈祈祷一整晚。

尽管我不确定自己到底爱不爱你，但是我很爱她，发自肺腑地尊敬她。

分开这么久，最让我难过的事情，就是我无法在妈妈生命垂危的时候，为她做点儿什么。

她教会了我很多很多事情。

我甚至总有一种感觉，我觉得我是她的第五个孩子。

抱歉，我一直絮絮叨叨说自己的事，你好好休息。

晚安。

## 02

"哎呀,城所先生,你怎么连床都不铺就睡了啊?"护士长看到他躺在床上后说。

原来,安男趴在叠放整齐的被子上睡着了。

护士长把纱窗拉开,灰蒙蒙的天与她身上浅蓝色的修女服相互衬托,迎面吹来潮湿温暖的海风。

"你听,海浪声是越来越大了,好像要刮台风了。"

这个早上似乎不太吉利。护士长看着黑压压的天空,告诉安男,手术从八点三十分开始。

"这么早就开始吗?"

"对啊,好像要做很长时间,您赶紧赶在麻醉前看看她去吧。"

护士长转身准备离开,安男叫住了她:"你知道曾我医生现在在哪里吗?"

"好像在教堂,您要过去一趟吗?"

"嗯,麻烦您带我走一趟。"

走出玄关,一颗风沙像是早有预谋似的飞进了安男的眼睛。两个人穿过松树林,风不停地吹起护士长的衣摆。

"您已经在这里住了一周了,对吧,工作方面会不会有问题？手术完了之后，您可以放心将您的母亲交给我们照顾，时不时过来看一眼就行。"

母亲在这里住院的一周，病情反反复复。手术之所以能早点儿做，并不是因为她情况改善了，而是因为不能再拖了。

"今天，整个心外科都在为您母亲的手术而严阵以待。"

护士长说了以后，发觉自己好像说了一句让人担心的话，于是又转移到台风的话题上来。

"几乎每年这个时候都会刮台风，当台风穿过地面，眼前就可以看到低气压的涡流，似乎伸出手就够得着。"

## 03

他们穿过松树林，在医院的深处，看到了一间小小的教堂。

长田医生在植物中间，照顾着花儿。他看到安男走过来，举起手中的铲子，面带着灿烂的笑容。

"嘿，假牙没问题吧？你没有偷偷吃饼干吧？"

"您这么早就过来浇花了？"

"这里的护士，啧啧，都不够温柔，好像以为只有花店卖花的才需要照看花儿一样，我告诉你吧，园艺就好比诊治牙齿……"

护士长咧嘴笑了,说:"大家都好忙啊。"

"我也很忙,您看着啊,到了明年春天,这个教堂前面的黄玫瑰就会绽开笑脸了。"

他们交错而过,长田把手搭在安男的肩膀上,朝他眨了眨一边的眼睛。

"祝你好运,希望你今天能开心。"

护士长打开教堂的门,美妙的大提琴乐曲倾泻而出。

"您听一下吧,快结束了。"

在教堂的祭坛前面,一名神父正在用心祈祷,而曾我医生则在他身后演奏巴赫。晨光透过玻璃洒在曾我医生身上,他整个人随着琴弓有节奏地摇摆着。

"拉得还不错吧?据说史怀哲博士是管风琴家,曾我医生也很棒对不对?上帝对他们都很好啊。"

曾我医生在拉琴的过程中悄悄地转过头来。

大提琴组曲结束以后,曾我医生开始演奏一首安静舒缓的曲子。

> 如果你没有搭上我乘坐的这班火车
> 你将听到一百英里外传来的汽笛声
> 请在心里送我远去吧
> 一百英里,一百英里

一百英里，一百英里

你能听到火车的汽笛声

一百英里

一百英里，两百英里

三百英里，四百英里

我在离家五百英里以外

五百英里，五百英里

五百英里，五百英里

我在离家五百英里以外

我衣衫褴褛

我身无分文

我回不了家

就是这样，就是这样

就是这样，就是这样

我回不了家

就是这样

如果你没有搭上我在的这班火车

你会知道我正在离开

一百英里

曾我医生演奏完毕以后,把琴弓搁在膝盖上,叹了一口气。

神父从祭坛上转过脸来对他说:"医生,您需要祷告吗?"

"你总是问一样的问题。我不需要!这又不是在泰坦尼克号上。"

"好的,愿主保佑……"

"不需要了,你帮我收一下大提琴吧。"

曾我医生把大提琴放下以后,伸手去拿他随意放在一边的白大褂,他一边整理好衣袖,一边从通道中走了过来,从透过玻璃的光芒中可以看到白大褂在随风飞扬着。

"护士长,我可以了。我要去给这家伙的母亲做一个怎样都不会停的心脏!让大家到会议室集合吧。"

# 第二十章　你一定要活下去

## 01

曾我医生小跑着穿过庭院,医院正是早餐时间,他迅速地穿过了走廊的餐车。

安男紧紧跟在他身后,一直小跑到电梯前才停下。这会儿,一个穿西装的男人正在和曾我打招呼。

"安,藤本医生专程休假过来了。"

藤本医生过来了,他昨晚在高速公路上追了一百英里,特地赶过来。

"好了,不需要名片了,我之前看病历已经知道你了。"

曾我把藤本推进电梯,又拉了安男进去。

"你觉得还有没有什么事情需要注意的?"

有些焦急的曾我医生一直在看电梯的楼层显示,但是藤本却和平常一样冷静地说道:"我想知道手术前用的药物。"

"这么在乎?"

"对。"

"在她住院以后,我就把抗血小板药物和阿司匹林换成了钙拮抗剂和亚硝酸剂。"

"β阻断剂呢?"

"我清楚这个术前本来是该停的,但是不得不继续用,四十八小时前停了毛地黄了。"

"华法令呢?"

"没有完全停掉,但在慢慢减少用量。"

"原则上术前七十二小时就要停的,我有些担心。"

"换成你会怎么做?"

"我大概会跟您做法一样。"

"所以我的用药没问题吧?"

"没问题的,非常好。"

三楼到了,两个医生往手术室走去,会议室前已有一整个团队在等候了,每个身穿蓝色手术服的医生看起来都非常年轻。

"那就麻烦您了。"

藤本到了手术室前面就停住了脚步,曾我拍了拍他的肩膀,一脸疑问地说:"你这是想去哪里?"

"我就在外面等候。"

"等候这种事情,交给她儿子就可以了。你好不容易来一遭,一起进去吧。"

"进去手术室?"

"对啊,藤本医生,我告诉你,那扇门的里面就是战场了,你已经到前线来了,怎么能只说'麻烦您'这种话呢?"

藤本推了推他厚重的眼镜,看了一下走廊上等候的医疗团队。

"那么,手术在进行的过程中,我能发表意见吗?"

"当然没问题,不过整个手术要由我来主持。"

"那是肯定的。"

"你就好好观摩,回去以后跟教授汇报。"

曾我医生在胸前交叉双手,然后给了安男一个眼神。紧接着,他和年轻强大的手术团队往手术室走去,说:"春名教授做冠状动脉绕道手术是百分之百的成功率,我只有百分之九十五。也就是说,还有五个百分点的可能会失败,我希望你明白这一点。我和他对失败的恐惧是一样的,只是在勇气上有区别。我有很多话想要对日本的那群胆小鬼说,不过我不会光用嘴巴,我会用我的手术去说明。"

安男的母亲就躺在靠窗的那张病床上,窗外是美丽的海景。此时,医生们已经完成了所有准备工作。

或许是麻醉已经起了作用,戴着白色帽子的母亲看上去非常平静。

"安……"她用一种呼唤小朋友的语气叫他。

所有人都在行动。为了母亲的手术,战场上的勇士们和他们的兵器,都已经在摩拳擦掌了。

"妈,藤本医生也过来了。"

"我刚刚在睡觉的时候,他好像就过来了。"母亲点了点头,眼泪就流了出来。

"他也会进手术室。"

"这样吗?那就锦上添花了。我也想见见他,不过等我进了手术室后,就该睡着了。"

## 02

安男看着海面的波涛,就好像凶猛的野兽在不断地推动它的双臂,到了岸边就化成万千碎片。堤坝被无情的海水一阵一阵地冲击着,地平线上汇聚着厚重的乌云,像是暴风雨到来的前奏。天空灰蒙蒙的,发着暗沉的鸣叫声。

"哥哥他们也快到了。"

母亲闭上眼睛,大概不会相信安男的谎言。

"现在这么早,他们肯定赶不及过来的,没关系,等我醒来就可以看到他们了。"

母亲,你不是这样想的吧?

你是不是在想,说不定这次一闭上眼睛,就再也醒不过来了?

"安,如果你能见到他们,帮我一个一个地告诉他们……"

"告诉他们什么?你的遗言?"安男哭笑不得。

"你跟你大哥说,让他以后当上社长,他一定没问题的;你跟你二哥说,让他以后建一个比这里还好的医院,自己当院长,他一定没问题的;你跟你姐姐说,让她以后当银行行长的太太,秋元先生一定没问题的。"

"行了行了,别说了,为什么每个人都得活得这么伟大啊?"

"因为我不希望你们输给任何人,我不希望在一张餐桌上学习的你们输给任何人,不希望你们输给那些有学习桌的,或是有补习的孩子。"

"你放心好了,我们不会输给那些人的。"

"我真的尽力了,但是我也只能保证你们的温饱,其他的都得靠你们自己了。你帮我和大家说声抱歉,他们一定在心里记恨我,要不是我,你们也不至于过得这么苦,所以现在他们才不愿意见我了。"

"好了,不说那么多了。"

母亲的防线突然被击垮了一般,她放声大哭了出来。

安男上前去抱着无助的母亲。

"然后,你告诉英子小姐……"

"英子?"

"是的,你告诉她,以后要去当有钱的社长太太,她一定没问题的。所以,安,重新站起来好不好?你也一定没问题的。"

麻醉产生了作用,母亲进入了昏睡的状态。安男抱着她苍白的脸,听着她微微的呼吸声。

暴风雨终于来临了,海浪开始呼啸。

安男真的希望母亲能够醒来。在她的一生中,她从来没有重视过自己的价值,而且一直处于懊悔和愧疚的状态,她不能就此死去。

安男心想,自从父亲去世以来,母亲就不停地在追逐天上的彩虹,从来没有停止过她的步伐。她一直在追逐这一个没有尽头的——不对,准确地说是不存在于这个世界上的人生——只扮演母亲一种角色的人生。

"城所女士,我们现在要去做手术了。"

护士们把推床推了过来。

"她已经睡着了。"

年轻的护士把母亲轻盈的身体挪到推床上,护士长轻轻地推了一把发呆的安男。

"跟她一起去吧,她可以听到你说话的。"

那一刻,安男的世界是空白的,他看不见任何东西,也听不到任何声音。他脑海里只有一个想法:在四十年前的冬天,是这个瘦小身体的主人给予了自己生命。

"妈,你一定要醒过来,你不能死,我还有好多事情要问你,还有好多话想对你说,妈,你一定不能死……"

母亲的眼睛微微睁开了一条细缝,她握住了安男的手。

"哥哥姐姐都没有恨你,我们都很爱你。但是他们现在真的太忙了,所以没办法过来,只有我这个笨蛋有时间陪在你身边。妈妈,你可不能死,不能让哥哥姐姐伤心,你老是说帮不了我们什么了,那你能为我们做的,就是不要让我们伤心哦,听到没有?"

推床就好像海面上的一艘船,正朝着手术室的方向前进。在那扇门后面等待着母亲的,是身披铠甲的战士。

"就送到这里吧,剩下的就交给医生了。"

手术室的护士接过病床,藤本医生接过了母亲的手。

第二十章 你一定要活下去

在一群高大的外科医生中间，藤本医生的身材就好比彼得潘故事里的小精灵。

曾我医生伸出他戴着手套的双手，看了一眼安男，又看了一眼熟睡的母亲。

他从口罩里发出的声音打破了空气的安静。

"Open your heart！"

这句话成了让所有战士附和的口号。

"Open your heart！"

此刻，母亲的生命就在神的手中。

## 尾　声

母亲手术后恢复得不错，过三周左右的时间就能出院了。再休养一段时间，她就能回归正常的生活。如今面临的问题是，出院以后，谁来照顾她？安男得回去上班，又不能让母亲一个人待在家里。

母亲问他，能不能麻烦英子小姐过去陪她住一段时间。

安男知道，母亲并不希望自己成为他和英子复合的推手。她主要是考虑到，比起姐姐或嫂嫂，英子可能更让她放心。

要是这样的话——他已经可以看见自己未来的生活了，他只能把这两年的分开忘掉。

他对于茉莉心怀愧疚。尽管所有事情都是男人的错，但是茉莉还是会笑着送每个情人离开。

安男想，要是把过去两年的生活尘封，那么茉莉就是一个再也不可能联系的朋友。

"你是不是太过分了？"他的耳边又响起了父亲的声音，夕阳把他的身影拉得长长的。

"爸，换成是您，您会怎么做呢？听妈说，您是个特别善良的人。"

"换成我，我也不知道怎么处理呢，即使善良，我也处理不了这么沉重的事。"

"我到现在还是无法做选择，跟茉莉在一起，也是另一种选择啊。"

"但是你最终还是得下个决心，不能这么拖泥带水。不过，让她成为你的一个再也不会联系的朋友，这个做法未免有点儿自私。"

"您真的太善良了，我也觉得自己自私。"

"所以你要和她说清楚，该补偿什么就要补偿，至少得把这两年的薪水都还给人家吧？"

"用钱去解决问题，真的好吗？"

"不是用钱解决，而是你现在做不了什么。茉莉这两年为了你和英子的生活出了这么多力，你总要做点儿什么吧？"

"茉莉一定不会要我的钱的。"

"那你就直接给她汇款,她总不会再给回你吧?安,对于她来说,她是受害者,你是加害者。你没有什么好的理由,就那么在人家家里待了两年。你们之间,并不是一别两宽,你是亏欠于她的,至少你不像她爱你那样爱她,对吧?所以,你一定要真心诚意地向她道歉,要承认自己的错误,不要为自己找借口。你要承认,你在人生低谷的这两年利用了她,要不是她,你根本撑不过去。"

安男从商店街出去往左走,朝着神田川方向下坡,这段熟悉的路带着自己前往和茉莉同居两年的家。

每拐一个弯,他似乎就能感受茉莉的温暖多一些。

安男记得那晚第一次走这条路,他喝了酒,借着醉意拉着茉莉的手。到今天,他依然清晰地记得茉莉手掌的温热。

那晚他们第一次温存,茉莉这么对他说:"安男,我可以喜欢你一点点吗?一点点就好了。一年,或者两年以后,你就会走出现在的低潮,因为其他男人也是这样的。到时候我就算再不舍,我还是会离开你的——这是我的兴趣。"

茉莉说话时,脸埋在安男胸前偷笑着。

入秋以后,白天变得渐渐短暂,很快天就黑了。安男走进黑压压的小径,看到尽头那栋三层的房子时,心里忽而有点儿七上八下。

敞开你的心扉。

要是自己诚实地质问自己的内心,他真的会选择放弃茉莉吗?

走完一百英里的那晚,他在电话里头对茉莉说的那句"我爱你"是真的,就算他没有像茉莉爱他那样多,无法拥有她身上那样的热情与活力,但是自己真的是爱她的。这种爱,不是因为同居才日久生情,也不是面对这个缺爱的女人而生的同情心。

他爱她。

在他迫于现实压力,在考虑是否放弃茉莉的时候,他终于发现,自己是爱茉莉的。

诚实拷问自己的内心,就不会违背良心。他不想放弃茉莉。

走到公寓门口,他再一次与那个菲律宾住客交错而过。

"你好,今天茉莉小姐不在家呢。"

"好久不见了,你要出门吗?"

"对,茉莉不在。"

"不要紧,我带了钥匙。"

菲律宾人时不时回过头去看安男,然后就出门去了。

安男打开门。但他看到了一个空空如也的房间,仿佛是一片荒芜的沙漠。

新都心摩天大楼的这个公寓什么都没有了,只剩下中间的一盆已经干枯的松叶牡丹。

安男走过去一看,发现花盆上有一张广告传单,传单的背面,是茉莉不太整洁但却依然有温热气息的字——

  谢谢你,安男,我真的好高兴呢。
  我真的,真的很爱你。

        茉莉

安男攥着手中的纸条,无力地跪在地板上。如今,除了帮她浇浇花,他还能为这个单纯的女人做些什么?

只有叹息,只有哭泣……

他空荡荡的心中,响起了那首歌的旋律。

  如果你没有搭上我在的这班火车
  你将听到一百英里外传来的汽笛声
  请在心里送我远去吧
  一百英里,一百英里
  一百英里,一百英里

你能听到火车的汽笛声

一百英里

她没带一件衣服，甚至没带一分钱。这个用尽力气在爱人的女人打算一直走在去往天堂的路上吗？一百英里、两百英里、三百英里……无穷无尽。

为了她爱的人，她愿意奉献出自己的一切。

当安男静静地唱完这首歌时，他起身抱着茉莉留下来的那盆花，接着，他真的听到了远方隐隐的、低沉的汽笛声……